소탕대전

소탐대전

동네 사람의 소소한 대전 탐험

글 · 그림 이보현

대전을 쓰는 마음

2023년 12월 12일에 〈소탐대전〉이라는 메일링 서비스를 시작했다. 뉴스레터 연재는 네 번째로 2022년 봄에 처음으로 대전으로 이사 가는 이야기 〈badacmoves〉를 써서 구독자들에게 보냈다. 지금도 그렇고 당시에도, 메일로 글을 보내는 서비스를 너무 많은 작가가 하고 있어서 어지간한 자신감 없이는 시작할 엄두가 안 났다. 세상에 이렇게 읽을 게 많은데 내 글을 누가 읽겠다고 할까. 그래도 처음이라 그랬는지, 다른 지역으로 집을 사서 이사 가는 이야기가 사람들의 호기심을 불러일으켰는지 생각보다는 구독자가 많았다.

읽겠다는 사람이 많지 않더라도 매일 일어나는 사건을 소화하고 다음을 준비하기 위해서는 써야만 했다. 힘든 경험은 글쓰기의 소재로 삼고, 두려운 결정은 선언하듯 써버렸다. 쓸수록 힘이 났다. 두 달 동안 이야기를 써 보내는 사람으로 살았고 내내 즐거웠다. 재미있다는 답장과 원고료도 가끔 받았는데 꼭 그 때문이 아니라 쓰는 것만으로 좋았다. 자신감도 조금 생겼다. 글로 먹고 살 수 있겠다는 자신감은 아니었지만.

계속 쓰는 사람으로 살고 싶다는 마음에 대해 의심과 불신을 멈추고 노력할 수 있겠다는 분명함이었다.

이사를 마친 뒤로는 일주일에 한 편씩 에세이를 써서 보내는 글 배달을 본격적으로 시작했다. badacmoves. 바닥의 글이 직접 당신 곁으로 찾아간다는 뜻이다. 이사 이야기를 쓸 때 '바닥이 이사간다'는 뜻으로 만든 뉴스레터의 제목이었는데, 배달의 의미를 더해도 좋았다. 콩나물국밥집 미가옥을 얼마나 사랑하는지 〈오늘 또 미가옥〉에 썼고, 무릎이며 어깨며 마음이며 아프고 늙어가는 변화에 대해 〈예전엔 안 이랬는데〉를 썼다. 유료 플랫폼을 이용하고 있지 않아서 구독자는 내 메일을 그만 받고 싶을 때 수신 거부 의사를 표시할 방법이 없다. 직접 답장으로 그만 보내주시오, 라고 말하는 일이 번거롭기도 민망하기도 할 터다. 그래서 새로운 시즌을 시작할 때마다 신청을 다시 받았는데 점점 구독자가 줄었다. 당연히 반응도 줄었다. 시즌 3를 연재할 때는 나 역시 이사 이야기를 쓸 때만큼 재미있지 않았는데 답장이나 구독료가 줄어서만은 아니었다. 이사는 강렬한 사건이 매주 일어나는 자극적인 소재였다. 이후에도 계속 무언가를 쓰고 발행했지만, 내가 읽을 만한 걸 보내고 있는 걸까, 구독자가 시즌 중간에 취소하고 싶어도 못하는 건 아닐까, 매주 뭐든지 쓰고 보낸다는 데 의의를 두는 것으로 괜찮을까. 힘 빠진 글을 읽는 한 줌의 독자와 쓰는 데 흥미를 잃어가는 듯한 나, 둘 다 걱정이었다. 그래도 하다 마는 사람은 되기 싫어서 어떻게든 연재를 이어가다가 일정이 바빠지는 가을에서야 석 달 정도 쉴 결정을 내렸다.

우여곡절 끝에 다시 시작한 〈소탐대전〉은 대전을 탐험하는 이야기다. 노잼도시 대전에서 작은 즐거움을 찾아 다니려고 한다. 쉬는 동안 치밀하게 기획하고 준비한 아이템은 아니어서 솔직히 확신은 없는데 이름은 좀 재미있게 지은 것 같다. 구독자가 또 줄까봐 이번엔 새로 신청받지 않고 슬그머니 기존 시즌 구독자들에게 보냈다. 그 정도는 봐줄 의리의 독자들일 것이다. 그래서 더욱 그들을 실망시키고 싶지 않다.

잘 쓰고 싶다.

무엇에 대해 써야 내가 흥미를 잃지 않고 계속 쓸 수 있을까, 정보든 재미든 누군가에게는 관심 있는 이야기가 되어야 할 텐데 어떤 이야기를 해야 할까, 연말쯤엔 독립출판으로 책을 만들고 싶은데 팔릴까. 지원금을 좀 받으면 좋겠는데 대전을 소재로 하면 가능하지 않을까. 생각과 질문은 이어졌고 나는 이제 갓 대전 사람이 되었으니 반쯤은 외지인의 시선으로 대전을 여행하고 소개하는 글을 쓰면 좋겠다는 결론에 다다랐다. 친구가 놀러 오면 소개하고 싶은 나의 대전에 대해, 내가 알아가고 싶은 대전의 구석구석을 쓰고 싶어졌다. 찾아내면 소재는 끊이지 않을 것 같았다. 이사 온 지 일 년 반이 넘었가는데 여전히 동네와 대전에 대해서 잘 모르기 때문에 지역을 알아가는 과정으로 삼을 예정이다.

내게 의미 있는 장소와 관광객이 알기 어려운 소박한 공간을 소개하고, 대전 시민이 보기에 재미있는 동네 이야기를 쓰고 싶다. 좋아하는 식당과 서점, 지나다니면서 본 건물, 미술관 한 곳을 떠올렸다. 그 다음엔? 다녔던 곳 중에서 꼽으려니 마땅한 곳이 떠오르지 않는다. 어떻게든 되겠지. 이사 이야기가 쓰기에도 읽기에도 재미있었던 건 생생함이 살아있기 때문이었는데, 특별한 대전 이야기를 쓰겠다고 해놓고선 이렇게 게으름을 피워서는 안 되지, 암. 가본 데만 쓸 생각을 하다니. 겨울이니 돌아다니기 춥고 귀찮아서 움츠러들기는 하는데, 이럴 때일수록 일부러 흥을 좀 내야겠다.

좋아하는 것들에 대해 쓰면 기분이 좋아진다. 기분 좋은 일을 하면 그 기분에 대해 쓰고 싶어진다. 궁금하고 애매한 것은 쓰면서 공부한다. 쓰기의 힘을 믿는다. 쓸수록 대전을 좋아하게 될 테니 쓸 거리를 찾아 나서자. 익숙한 곳과 새로운 곳을 찾아내 즐거운 여행을 하자. 소소하게 대전을 탐험하자. 작은 여행에서 큰 즐거움을 찾자.

계속 쓰는 사람으로 살겠다는 다짐을 다시 쓴다.

• 이 책은 2023년 12월 12일부터 2024년 4월 30일까지 매주 화요일에 발행된 badacmoves 시즌 4의 연재 원고를 바탕으로 했다. 겨울과 이른 봄이 배경이다.

타슈

차 례

⊕ 대전을 쓰는 마음 4

늦게 알아봤네요, 스마일김밥 스마일칼국수 12

미술관이 된 관공서 건물 대전창작센터 18

흠 사과를 살 수 있는 중앙시장 과일 가게 부산상회 25

알면 더 좋아지는 그림과 전시장 헤레디움 30

어제 갔는데 오늘 또 가요? 계룡문고 36

⊕ 쓰는 사람의 속 사정 41

대전 사람 속은 몰라도
대전의 역사는 알 수 있겠지 대전근현대사전시관 51

가끔 작업실처럼 출근하는 곳 테미살롱 57

언제나 가기 전보다 행복해지는 곳 쌍리 63

손님이 많아 할 말도 많은 반찬식당 69

정답고 맛있고 귀여운 극동제과 76

⊕ 그리면서 든 생각 83

자동차가 방전될까봐
희망 도서 대출하러 매주 방문합니다 한밭도서관 99
뭐하던 곳인지 몰라도 도심 속 공원은 늘 좋다 동춘당 106
조용하고 한적한 곳에서 독립영화를 씨네인디유 112
작품 너머로 이어지는 재미 이응노미술관 121
시원하고 칼칼하고 신선하고 푸짐한 콩나물탕 나룻터식당 127
⊕ 소재 고갈에 임하는 자세 135

아인슈타인 생일 카페를 열어준 국립중앙과학관 143
꼬깔콘 돌탑이 정다운 상소동 산림욕장 152
나의 두번째 작업실이자 회의실 커먼즈필드 안녕라운지 160
대학 안에 동네 공원이 오정동 선교사촌 166
내 친구가 만든 영화관 소소아트시네마 172
⊕ 독자를 향한 고백 179

늦게 알아봤네요, 스마일김밥

스마일칼국수

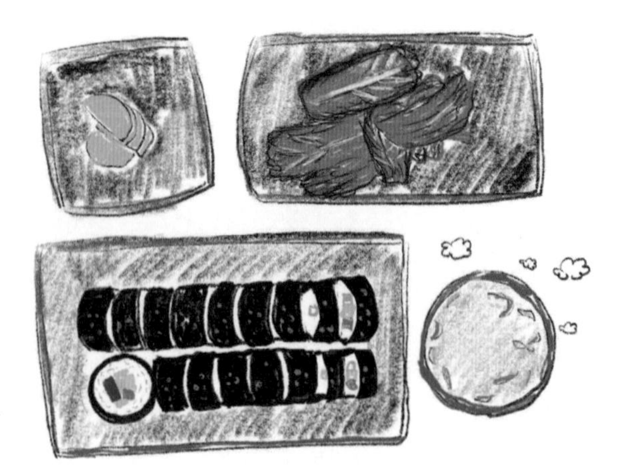

요즘 가장 좋아하는 식당은 스마일칼국수다. 대흥동 본점에 거의 매주 간다. 백종원의 삼대천왕에도 나왔던, 줄을 서서 먹는 유명한 손칼국수 집인데 나는 김밥을 먹으러 간다. 워낙 맛있다고 소문난 집이라 다른 지역의 친구들이 놀러왔을 때 종종 데리고 갔다. 맛있긴 했지만 자기 전에 생각날 정도는 아니었는데, 동네에서 가장 아끼던 백반집의 겨울 밥상에 조금 실망한 후에 마음 붙일 곳을 찾다가 최근에 다시 방문했다.

친구와 처음 갔을 때 옆 테이블에서 김밥과 소주를 드시는 손님을 봤고 언제가 나도 동네 단골처럼 혼자 와서 김밥을 먹겠노라 다짐했다. 혼자 밥 먹으러 못 가는 사람은 아닌데, 다들 칼국수 먹는 집에서 김밥을 먹는 게 눈치가 보일까 걱정했다. 바쁠 때 1인 손님을 안 받는 식당도 간혹 있다고 하니까. 스마일칼국수는 안 그렇지만 혼자 갈 때는 바쁜 시간을 좀 비켜가려고 한다. 2시 넘어서 가면 식당도 한가하고 좋다. (3시 30분부터 5시까지는 휴식시간이니 참고.) 둘이 갈 때는 칼국수와 김밥을 하나씩 주문한다. 거의 모든 테이블에 김밥이 있고, 사람 수대로 칼국수를 시키고 김밥을 추가로 시키는 테이블도 많았다. 그러면 김밥을 다 못 먹는 경우가 생기는데 출입문 쪽에 셀프 포장 코너가 마련되어 있어 남은 김밥을 싸 가면 된다.

김밥을 시키면 단무지와 김치, 칼국수 국물이먼저 나온다. 김치는 단지에서 직접 덜어서 먹을 수 있도록 집게와 빈 접시를 같이 준다. 국물은 리필 가능. 손님이 많고 회전이 빠른 식당에서 나이 든 직원이 능숙하게 음식을 내주는 곳을 좋아한다. 감탄하며 홀의 직원들이 움직이는 모습을 구경하다보면 통통한 김밥 두 줄이 나온다. 2023년 12월 기준으로 두 줄에 6천 원. (언제 올랐는지 2024년 6월 현재 가격은 7천 원인데, 물가 상승에 따라 조금씩 오르는 모양이다.) 햄, 오이, 단무지, 맛살, 달걀, 간장에 졸인 유부가 들어 있다. 약간 짠데 맛있다. 아삭아삭한 겉절이 배추김치를 곁들여서 먹는다. 김치는 매운편이라 물에 씻어 먹는다. 나이 들수록 입맛이 변하는지 위장이 약해지는지 맛있다고 김치를 잔뜩 먹고 탈이 난 후론 신경을 쓴다.

내가 사랑하던 백반집은 8가지 반찬에 청국장, 작은 조기 한 마리를 구워줬다. 반찬 중 3~4개는 시금치, 콩나물, 가지 나물, 브로콜리, 무생채, 데친 쪽파 등으로 7천 원이라는 가격이 황송할 정도였는데 겨울이라 그런지 물가가 많이 올라서 그런지 김치 종류가 늘고 적당히 고춧가루에 무친 반찬이 많아져서 색상 다

양성이 확 줄었다. 그래서 겨울엔 잠시 방문을 쉰다. 김밥이나 샌드위치를 먹으면 배는 불러도 제대로 한 끼 먹은 느낌이 나지 않아서 아쉬운데 스마일김밥은 밥과 국과 반찬까지 골고루 먹는 기분이 들어서 참 좋다.

손칼국수는 당연히 맛있으니 자세한 설명은 하지 않겠다. 야금야금 다른 메뉴들도 하나씩 맛보았다. 비빔칼국수는 쫄면처럼 새콤달콤한 양념 맛이 좋았고 상추와 오이 등 채소류가 신선했다. 고기김치전에는 돼지고기가 크게, 많이 들어있어서 김치랑 같이 씹히는 식감과 맛이 좋다. 두꺼운데도 잘 구워져 바삭했다. 주방 깨끗하고 서빙하는 직원이 물 흐르듯이 움직이고 대표 메뉴와 김치가 맛있는 곳은 다른 음식도 어지간하면 다 맛있다. 여름에는 특별 메뉴로 콩국수도 판다. 쫄깃한 칼국수면을 차갑게 먹으니 별미인데다 콩국은 대전에서 먹어본 중 가장 고소했다. 그래도 제일 좋아하는 메뉴는 김밥과 손칼국수.

너무 멀지 않은 곳에 단골집을 하나둘씩 만들어야 하는데, 완주 살 때 일주일에 세 번도 가던 내 사랑 콩나물국밥집 미가옥의 뒤를 이을 만한 곳을 찾기가 어렵다. 할머니추어탕이 가깝고 추어탕을 먹고 나면 속이 든든해지는데 맨날 먹기는 부담스럽다. 콩나물탕을 파는 나룻터식당은 걸어가기엔 멀고 차를 몰고 가기는 주차가 번거롭다. 백반집은 사장님의 접객 태도와 상호명도 마음에 드는데 이렇게 되어서 아쉽다. 봄이 오면 다시 나아지려나. 그래도 스마일김밥을 재발견해서 기쁘다.

미가옥처럼 첫눈에 반하는 것만이 사랑은 아니다. 일 년 뒤에 갑자기 생각나는 것도, 여태까지는 특별할 것 없었는데 어느날부터 다르게 느껴지는 것도 가능하다. 칼국수 맛집이라고 남들이 다 칼국수를 먹어도 나는 김밥이 좋으면 김밥을 먹으면 된다. 이렇게 그냥 지나갔던 대전의 작은 기쁨들을 하나씩 천천히, 때론 눈을 씻고 찾아다니려고 한다.

미술관이 된 관공서 건물

대전창작센터

스마일칼국수에서 김밥을 시키면 통통한 김밥 두 줄이 나온다. 아삭하고 매콤한 겉절이 배추김치랑 같이 김밥을 야무지게 다 먹고 나면 몹시 배가 부르다. 한 줄 먹고 한 줄은 남겨서 들고 간 통에 김치랑 같이 담아오곤 했는데 몇 번 귀찮게 빈 통을 들고 왔다갔다만 한 뒤론 통을 들고 가지 않는다. 배가 살짝 불러도 다 먹는다.

그날도 식사를 마치니 배가 몹시 불렀다. 당장 집으로 돌아가 눕고 싶었지만 역류성식도염으로 고생한 인간으로서 먹고 바로 누우면 또 속이 아플 테니까 조금 걷다가 들어갈까? 주간 뉴스레터를 시작했으니 다음 쓸 거리를 찾아서 동네를 어슬렁거려볼까? 지난주엔 내가 사랑한 맛집 스마일칼국수의 김밥에 대해 썼으니 이번 주엔 문화부 기자의 마음으로 공연이나 전시 방문기를 써야겠다.

스마일칼국수에서 5분쯤 걸어가면 으느정이 네거리가 나오는데 걸어온 길의 대각선 방향, 대흥동 성당의 건너편에 대전창작센터가 있다. 요즘은 옆 옆 건물인 성심당 주차장에 들어가려고 기다리는 차량이 사거리를 뻥 둘러 서 있고, 직원분이 거기까지 나와서 다른 주차장으로 가라는 안내를 한다. 차 안에서건 오가면서건 쉽게 미술관의 존재를 알아챌 텐데 그만큼 사람들이 들어가는지는 모르겠다. 나만 해도 성심당 가는 길에 매번 지나면서 시내 한복판에 미술관이 있으니 참 좋구나 생각만 하고 이번이 겨우 두 번째 방문이었다. 저번에도 전시된 작품보다 건물 자체에 더 관심이 갔는데 이번에도 그랬다.

입구에는 문화재청이 지정한 '대한민국 근대문화유산' 이라는 명패가 붙어 있다. 대전광역시 지역추진위원회가 선정한 좋은 건축물 40선에도 선정되었다고 한다. 1958년에 농산물 품질을 관리하기 위한 농산물검사소로 세워졌고 1999년에 기관이 이전한 뒤 2006년부터 대전시립미술관이 관리하다가 리모델링 후 2008년에 대전창작센터로 개관했다. 청년 작가들의 실험적인 작품과 장소성에 기반한 설치 작품을 주로 소개하고 있다고 홈페이지에 나와 있다. 중요하진 않지만 재미있는 사실 하나 더, 위치 안내 공지글에도 성심당 본관 옆이라고 써 있다. 대전에서 성심당의 지위를 확인할 수 있는 지점이랄까. (이 책에도 성심당 이야기가 아주 많이 나올 예정이다.)

며칠 전 그림 수업 시간에는 대전창작센터의 외관을 그렸다. 수요일마다 다정한 오리 선생님과 온라인 화실에서 그림을 그린다. 매주 〈소탐대전〉을 써서 구독자들에게 보내야 하는데, 다음 글감을 정하지 않은 상태였다. 지금은 미리 취재 차원에서 장소를 방문하고 그릴만한 사진을 찍어오지만 처음에는 어딜 가야할지, 뭘 그려야할지 막막했다. 막연하게 다음 글감 후보 중 하나였던 대전창작센터를 그리고 나니 자연스럽게 소재 확정. 건물의 역사와 건축 양식에 대한 내용을 찾아 읽다보니 건물이 더 사랑스럽게 느껴졌다. 그릴 때도 상자를 겹쳐 쌓아 올린듯한 여러 개의 창이 특이하고 귀여웠다. 수직으로 늘어뜨린 창틀도 독특했는데 서향으로 지어진 건물이라 강한 햇빛을 막기 위해서였다고 한다.

건물 안으로 들어서면 관공서 특유의 칙칙한 기운이 감돈다. 권위적인 옛 건물의 분위기와 뭔 소리인지 모르겠는 '현대 미술' 작품의 대응이 흥미롭다. 1층에 두 개의 전시장, 2층에 3개의 전시장이 있다. DMA 캠프 2023 시리즈의 세 번째 전시 〈구름이 되었다가 진주가 되었다가〉가 열리고 있었다. 몇 달 전 기억을 떠올려보니 그때도 같은 시리즈의 첫 번째 전시 기간이었는데 DMA 캠프 프로그램이 '젊은 미술' 전시 기획 공모여서 그런지 문외한인 나에게도 재미있는 작품들이 많았다. 집에 돌아와 작가들의 인스타그램을 찾아 팔로했던 기억이 난다. 이번엔 그때만큼 작품이 인상적이진 않았지만 건물은 여전히 흥미롭다.

엘리베이터가 없어서 계단을 오르내리느라 고단하고 앉아서 쉴 만한 곳도 없어서 전시장에서 시간을 오래 보내기는 힘들다. 건물 앞에 멋진 소나무가 그늘을 만들고 좁긴 해도 푸른 잔디밭 정원이 있지만, 바로 앞이 찻길이라 날씨 좋은 계절이라도 야외에 앉아 있기 힘들다. 박물관이나 미술관에 가면 기념품 가게를 구경하는 게 제일 재미있는 법인데 작은 미술관이다보니 그런 것도 없다. 시내에 있으니 쉽게 오다가다 들를 수 있다는 게 장점일 것이다. 게다가 무료. 그런 의미에서 앞으로 더 가벼운 마음으로 자주 들러야겠다. 익숙해지면 보이는 것, 느끼는 것도 많아지겠거니 기대하는 마음으로.

외국 여행을 가면 미술관에 들른다. 작품을 보러 간다기보단 있어 보이는 곳에 가는 기분을 느끼러 간다. 소설에 나오는 인물처럼 시간이 날 때마다 좋아하는 작품 앞에 한참 서 있는 사람이면 멋있을 것 같은데, 그럴 만한 여유도 안목도 없어서 여행 때나 기분을 냈다. 대전에 와서 미술 하는 친구들을 몇 알게 되니 전시를 보러 갈 기회가 많아졌고 전보다는 편한 마음으로 작품을 본다. 맛있는 음식을 먹을 때 행복해지고 기분이 좋아지는 것처럼 작품을 마주할 때 특별한 감동이나 엄청난 깨달음 같은 걸 느낀

순간은 많지 않다. 뭔가 간질간질한 마음이 들다가도 그게 무엇 때문인지 정확히 알아채거나 설명할 수 없었다. 조금 더 그 작품 앞에 더 있고 싶다거나 왜 이렇게 했을까 기분 좋은 호기심이 들기도 하니 이 정도면 괜찮은 시작이겠거니 한다. '그냥 좋다'를 넘어 왜 좋은지, 내가 어떤 걸 좋아하는지 알아내고 싶다. 세계를 넓히고 싶다. 하다보면 되겠지. 천천히 조금씩 부담 없는 선에서. 욕심을 좀 내보자면 전시 안내 팜플렛이나 비평문의 어려운 말 대신 내가 평소에 쓰는 말과 글로 모호한 아름다움을 얘기해보고 싶다. 차근차근 내 식대로.

흠 사과를 살 수 있는

중앙 시장 과일 가게

부산상회

오늘 찾아갈 곳은 대전중앙시장이다. 중앙철도시장으로 이름을 변경했다고 한다. 대전창작센터를 나서면 눈 앞에 대흥동 성당이 보인다. 대전창작센터가 으느정이 네거리에 자리하고 있으니 출입문을 등지고 오른쪽으로는 중앙로역으로 가는 대종로고 왼쪽으로 꺾으면 중교로다. 중교로 따라 대전천으로 갈 수 있다. 대종로에는 지나는 자동차와 성심당을 향해 가는 보행자가 많으니 덜 복잡한 중교로로 돌아서 시장으로 간다. 그런데 몇 발짝만 떼면 개와 고양이를 판매하는 애견샵을 지나야 해서 괴롭다. 오히려 사람 많은 길이 나을지도 모르겠다. 대전천을 만나면 중교를 건너서 왼쪽으로 조금 더 가거나, 다리를 건너지 말고 왼쪽으로 이동해서 은행교를 건너도 된다. 목적지는 중앙철도시장 정원상가다. 대전창작센터에서 정원상가까지는 500미터 정도 되고 천천히 걸어도 10분이면 간다.

중앙철도시장으로 공식 명칭을 바꾸기는 했어도 일반 시민 입장에서는 굳이 더 긴 이름으로 바꿔 부를 이유가 없다. 있는 이름도 줄이는 판인데…. 2010년대 중반에 문화관광형 시장으로 거듭나고자 이름을 바꿨다고 한다. 점포수만 해도 2천 개가 넘는, 거의 백여 년 역사의 종합 시장 이름이 쉽게 바뀔리가. 중앙시장은 중앙시장이다. 철도를 테마로 중간 중간 먹거리역, 잡화역 등으로 구분을 해놓았는데 길치인 나로서는 한번에 중앙시장을 소개하기 어렵다. 사실 제대로 구경해봤다고 말하기도 어렵다. 장을 보러 간 적은 여러 번이지만 지난번에 땅콩을 산 가게가 어디 있는지 기억하지 못해서 매번 새로운 가게에서 사고, 두부를 예약해놓고 찾으러 못 갈뻔한 적도 있다. 중앙시장보다 더 작은 규모의 길 건너 역전시장, 대전역을 기준으로 하면 찻길을 건너지 않고 대전역 서광장 옆으로 형성된 시장이 더 만만하다.

가장 좋아하는 시장은 아침 7시부터 9시까지 대전역 서광장에서 열리는 새벽 시장인데 요즘은 일찍 일어나질 못하니 안 가본지가 꽤 되었다. 겨울이라 춥기도 하고 어차피 새벽 시장에 가도 버섯, 오이, 당근, 사과 정도만 사니 다른 데서 사도 된다. 새벽 시장에 가는 게 재미있어서 한참 부지런을 떨 때는 자전거 타고 자주 다녔는데 마지막으로 간 게 언제인지 기억도 안 난다.

과일을 좋아한다. 특히 사과는 하루에 한 알 이상 먹는 편이다. 올해는 작황이 좋지 않아 사과가 정말 비싸고 귀한데, 중앙시장을 방황하며 돌다가 아주 마음에 드는 과일 가게를 발견해서 단골로 삼았다. 큰길 입구 쪽에 있어서 길을 잃을 염려도 없고, 상호도 아주 마음에 든다. 부산상회. (나는 부산을 좋아하니까.)

세계 과일전문
부산상회
부산상회
산상회

초록사과도 사고 시나노도 사고 홍옥, 홍로, 부사 등 그때그때 맛있는 사과를 먹었다. 수박, 복숭아, 무화과, 샤인머스켓, 단감으로 철이 바뀔 때마다 매대의 과일도 바뀌었고 여자 사장님과 남자 사장님 두 분 다 기분 좋을 만큼만 친절하다. 부산상회의 가장 좋은 점은 흠이 있거나 크기가 작은 파치 사과를 모아 한 바구니 가득 5천 원에 판다는 점이다. 부산상회는 정원상가의 초입 왼쪽에 있다. 정원상가는 떡복이, 튀김, 빈대떡을 파는 상점으로 시작하는 먹거리 시장인 것 같다.

중앙시장에 갈 때마다 길을 잃고 여전히 어디가 어딘지 잘 모르겠다. 중앙시장 홈페이지에 나온 상인회만 해도 구역별로 16개라 어디서 뭘 파는지 자세히 알아보고 싶은 마음이 생겼다. 지나갈 때마다 수입상가, 원단, 잡화 등 기차 모양의 안내판을 보기는 했는데 한눈에 그려지지 않아서 언젠가 지도를 그려보고 싶다고 생각만 했다. 지금이 바로 그때인가! 중앙시장 홈페이지와 관할행정구인 동구청 홈페이지를 뒤져도 한눈에 보기 쉬운 지도를 찾지는 못했다. (다음에 가서 보니 시장 초입 대전천 앞에 지도가 설치되어 있던데, 지도를 잘 못 읽는 내게는 무용지물.) 직접 지도를 그려봐야 길을 익힐 수 있을 것 같다. 그때까지는 부산상회에서 과일만 사는 걸로!

알면 더 좋아지는 그림과 전시장

헤레디움

헤레디움과 안젤름 키퍼 전시가 좋다는 소문을 두 번이나 들었다. 미술 하는 친구의 개인전과 단체전, 연극 하는 친구의 정기공연, 문화 공간을 운영하는 친구가 자기 공간에서 개최하는 연주회 정도만 의리와 호기심으로 방문하는 편이었다. 마음으로는 매번 공연도 더 보러 다니고, 책도 많이 읽고, 영화도 보고, 미술관에도 가고, 새롭고 아름다운 공간에 가보고 싶다고 생각하지만 도서관에서 빌려 온 책을 겨우 대출 기간 내에 읽지도 못 하고 반납하기 일쑤다.

가끔 같이 팟캐스트 <어쩌라고>를 녹음하는 대전 친구 고슴도치를 만난 날이었다. 고슴도치는 시각 예술가인데 다른 작가와 안젤름 키퍼 전시에 대해 이야기 나누던 걸 들었다. 좋다더라, 그런데 좀 비싸지 않니? 나한테 하는 말도 아니고 가보라고 추천하는 것도 아니어서 그냥 그런 게 있나 보다 하고 넘어갔다. 그리고 얼마전 트위터에서 대전 여행 코스로 기차 타고 대전 가서 근처 헤레디움에 들러 전시 보고 성심당 빵 사가면 딱이라는 글을 봤다. 트위터 추천이 늘 믿을만하진 않지만 여러 번 같은 말이 들려오면 관심이 가게 마련이다. 게다가 슬금슬금 대전 곳곳을 유랑하듯 돌아다니겠다는 결심을 했던 터라 이번 기회에 예술 공간을 취재하는 마음으로 헤레디움에 가보기로 했다.

가기 전에 가볍게 검색했더니 '독일 표현주의의 거장'으로 릴케의 시에서 영감을 받은 작품이 전시되어 있단다. 릴케의 시집을 읽고, 안젤름 키퍼와 헤레디움에 대해 조사와 공부를 충분히 하고 가지는 않았다. 가끔 여행을 준비할 때 그 지역을 배경으로 한 영화나 소설을 찾아보고, 설레는 마음으로 역사를 읽어보곤 하는데 이번엔 굳이 그렇게까지 하고 싶지 않았다. 가서 그냥 보지 뭐. 때로는 아는 만큼 보인다는 말이 뭘 모르면 보지도 말라는 말처럼 들린다. 도슨트의 설명을 듣기 위해 여럿이 몰려다니는 것도 불편했다. 작품 감상에 도움이 됐다거나 재미있게 들은 기억이 별로 없어서 보통 혼자 조용히 구경하곤 했다.

일요일 오후, 친구 고라니와 근처의 오씨칼국수에서 물총칼국수와 녹두전을 먹고 예약한 시간에 맞춰 미술관에 입장했다. 참고로 동죽 조개를 넣어 끓인 칼국수와 물총탕은 삼성동과 도룡점만 직접 운영한다는 오씨칼국수가 더 맛있는 것 같다. 헤레디움 근처 원동 오씨칼국수도 사람들이 줄 서서 먹는 식당이던데 내가 원하는 맛은 아니었다. 도룡동 오씨칼국수와 이름이 같아서 헷갈렸다.

헤레디움은 일제시대 때 조선의 쌀을 수탈하기 위해 세워졌던 동양척식회사 건물을 대전 도시가스업체인 씨엔씨티에너지에서 매입하고 복원해 복합문화공간으로 운영한다. 2023년 5월에 개관하면서 〈인동 100년 역사가 되다〉라는 아카이브 전시를 했고, 9월부터 2024년 1월까지 안젤름 키퍼 전시가 열리고 있다.

오래된 것을 좋아한다. 깨끗하고 편리하고 신기한 새 것도 좋지만 시간을 품은 공간에 들어서기만 해도 압도되는 느낌이 있다. 지금은 와! 100년 됐다고? 하며 놀랄 뿐이지만 건물의 역사와 의미를 이해하면 단순한 감탄을 넘어서는 이야기와 아름다움을 더 많이 느끼게 되겠지. 같은 맥락에서 작품에 대한 설명을 들으면 더 풍부한 감상이 될 것 같다는 생각을 했다. 그래도 음성 해설을 들으며 작품을 관람하지는 않았는데 동행한 고라니가 자긴 어떤 그림이 왜 좋은지를 이야기해줄 때 새롭게 보이는 지점이 있었다. 벽을 가득 채운 그림 앞에 가만히 서 있으니 몸이 묵직해졌다. 깊고 짙고 무거운 무언가를 느꼈다. 가을의 외로움이나 황폐함, 뭔지 모르겠는 막막함인 것도 같다. 나뭇가지와 잎, 돌과 흙 같은 것들이 입체적으로 구현되어 있어서 미술관에서 그림을 본다고 했을 때 기대했을 법한 평범한 시간보다는 흥미로웠다. 나선형 계단을 따라 2층으로 올라가면 더 풍요롭고 화려

한 금빛 가을이 채워져 있었다. 한가운데 벽돌로 낮은 벽이 세워진 설치 작품이 있었는데, 전쟁으로 인한 폐허의 현장이자 달리 보면 재건이기도 한 벽돌이 뿜어내는 예술적인 그 무엇을… 솔직히 느끼지는 못했다. 조용히 의아해하면서 주위를 천천히 돌았다. 여전히 잘 이해는 가지 않았다.

1층으로 내려와 전시장 반대쪽 입구에 있는 카페에서 커피를 마셨다. 통유리창으로 햇살이 깊숙히 들어오는 곳이었다. 머신을 쓰지 않아 아주 조용하고 기둥, 벽, 천장, 창이 모두 아름다웠다. 나중에 카페만 따로 다시 오고 싶다고 생각했다. 아는 만큼 보인다는 말은 사실인지도 모르겠다. 카페의 아름다움은 그림의 아름다움보다 더 쉽게 이해할 수 있었다.

집으로 돌아와 전시를 잘 소개한 신문 기사와 정말이지 작품이 너무 좋아 강력 추천한다는 어떤 이의 후기를 읽었다. 뒤늦게 내게도 예술적인 무엇이 느껴지는 것 같았다. 이런 늦은 감동도 나쁘지 않다. 전시장에서는 입체적인 작품이라 관람객은 주의를 기울여야 한다는 안내를 받았다. 가까이 다가서면 지킴이분들이 바짝 긴장하는 게 느껴졌다. 멀리 떨어지시라, 주의하시라 반복해서 안내하는 게 신경이 좀 쓰였지만 관련 기사를 읽어보

니 관객이 그림을 만끽할 수 있도록 작품에 해설도 따로 붙이지 마라, 접근 금지선도 설치 하지 말라고 작가가 요구했다고 한다. 그래서 그랬구나. 이런 늦은 이해도 역시 나쁘지 않다.

어제 갔는데 오늘 또 가요?

계룡문고

전주 사는 매미는 대전에 오면 늘 계룡문고에 간다. 이틀 이상 머무는 동안엔 날마다 가자고 한다. 어제 갔잖아요.

자기 동네에서는 동네 책방 여러 곳을 단골로 삼아 독서 모임과 다양한 형태의 강연에 참여한다. 사고 싶은 책이 생기면 책과 어울리는 서점을 떠올리며 꼭 그 서점에 가서 산단다. 그래, 이런 사람이 책방을 해야겠지. 책을 사기는커녕 서점에도 잘 가지 않는 내가 아니라.

나는 읽고 싶은 책이 있으면 도서관에서 빌려 보고, 없을 땐 희망 도서로 신청한다. 책을 가끔 사는데, 책방을 운영하는 친구네 놀러 갔을 때나 좋아하는 작가가 신간을 냈을 때, 재미있어 보이는 독립출판물이나 응원하고 싶은 출판사를 발견했을 때, 도서관에서 빌려 본 책을 갖고 싶을 때 정도다. 글을 쓰고 책을 내는 일을 직업으로 삼은 사람이 이렇게 책을 잘 안 사도 되나 싶지만 책을 꽂아둘 곳도 없고, 읽지도 못할 책을 사서 쌓아두고 싶지는 않다.

책과 책방을 좋아하지 않는 것은 아니나 꽤 오래 책을 많이 읽지 않는다는 자격지심을 갖고 살았다. 책을 좋아해서 밥값을 아껴 책을 사는 사람이고 싶은데 나는 책값이나 커피 값, 택시비를 모두 아까워하는 사람이니까. (부끄러운 이야기라고 생각해서 그런지 이렇게 적고 나니 시원한 기분이 든다.) 지난주 미술관에 다녀온 이야기를 쓸 때도 느꼈지만 나는 내가 생각하는 '멋진 모습'을 여러 기준에서 가지고 있고 그에 해당하지 않는다고 스스로를 많이 타박하는 편이다. 되고 싶은 멋진 모습이 여러 분야에서 막연히 많다. 시간 가는 줄 모르고 책에 빠져 지내는 독서가, 두껍고 어려운 인문서를 읽는 전문가, 동네 책방 단골손님, 밝은 눈을 가진 서점 주인, 유능한 편집자 따위가 책과 관련해 내가 되고 싶은 멋진 모습이다. 하하. 이렇게 적어보니 있어 보이고자 하는 내 욕망이 너무 없어 보여서 웃음이 난다.

있는 그대로의 나를 그대로 받아들이고, 인정하는 연습은 이런 부분에서도 효과가 조금 있다. 쓰는 사람으로 살고 싶지만 읽기에 게으른 내 모습을 인정하기로 한다. 서브웨이 샌드위치는 두 번 고민하고 사 먹지만 책은 서너 번 더 고민하고 사는 내 모습도 그러려니 하기로 한다. 도서관에서 잔뜩 책을 빌려다가 고대로 반납하는 모습, 왠지 읽어야 할 것 같은 책을 펼쳤다가 무슨 말인지 몰라 포기하면서 언젠가 다음을 기약하는 모습도.

정희진 선생님은 더이상 책을 읽지는 않고 모든 이가 글을 쓰고 책을 내고 싶어만 하는 시대를 비판했는데 그런 사람들이, 그러니까 나 같은 사람들이 그나마 책도 읽고 책도 가끔 사는 게 나쁜 건 아니겠지. 그렇게 읽기 경험을 확장하면서 세계가 넓어질 것이다. 자기 경험을 쓴 독립출판물이나 사사로운 개인의 이야기를 쓴 에세이를 읽으면서 타인의 세계로 넘어가는 게 좋다.

계룡문고에 가는 게 싫지는 않다. 서점에서 데이트하는 연인은 내가 되고 싶은 멋진 모습 중에 하나니까. 순수한 마음으로 분

야별 서가를 둘러보며 그날따라 눈에 들어오는 운명적인 책을 찾는 매미처럼 서점을 즐기지는 못할 것 같다. 같이 이런 저런 책을 들춰보며 농담을 하고 당신의 관심사와 취향을 엿보는 일이 재미있다. 그런 재미가 좀 덜하고 피곤한 날에는 어린이들이 신발을 벗고 들어가는 좌식 공간에 누워서 쉬거나 곳곳에 놓인 의자에 앉아 가볍게 읽을만한 에세이를 들고 매미의 서점 탐험이 끝나기를 기다린다. 서점은 책을 사는 곳이지 읽기만 하는 곳은 아니긴 한데, 동행이 방문할 때마다 책을 사니까 괜찮겠지. 그렇게 지난 주말엔 두 번이나 계룡문고에 갔고 계산대에서 왜 이렇게 행복해 보이세요? 라는 질문을 받았다. 어쨌거나 저쨌거나 계룡문고는 행복을 주는 곳임에 틀림없다.

쓰는 사람의 속 사정

흑, 어떻게든 써야지

마감은 다가오고

소파에 누워서 휴대전화를 만지작거리다가 결심한다. 지금 47분이니까 정각에는 꼭 일어나야지! 학창 시절에는 그러다 3분이 되면 아이고 정각을 놓쳐버렸네, 아쉽지만 공부는 10분에 시작해야겠어, 라고 했겠지만 어른이 된 뒤로는 후회나 미련 없이 일어난다. 0분 0초를 맞추지는 못해도 6분, 길게는 17분 정도 지나버린 뒤에도 일어나자, 하며 나를 어르고 달랜다. 늦더라도 안 하는 것보단 낫고 조금씩 미루다가 하루를 다 날려버릴 수 있으니까.

타인과의 시간 약속에는 엄격한 편이어서 보통 약속 시간보다 일찍 도착한다. 조금 일찍 왔다고 말하기 민망할 정도로 이른 시간에 도착하면 일기를 쓰면서 기다린다. 어차피 일찍 가는 거 친한 친구과의 약속은 6시 41분, 3시 27분으로 정하기도 한다. 친구들은 40분이나 30분에 맞춰 올 테지만 시간을 말할 때, 약간 더 재미있어진다. 물론 나는 23분이나 6분에 도착한다.

날을 정할 때는 숫자의 모양이나 배열이 재미있는 날짜를 찾는다. 〈어쩌라고〉 팟캐스트는 11월 22일에 시작했고, 〈월요일엔 유성온천〉을 연재할 때는 글자에 ㅇ이 많이 들어가는 게 재미있어서 19, 26, 10, 28처럼 숫자에 ㅇ이 들어가는 날 중에 월요일을 골랐다. 〈소탐대전〉 연재를 시작한 날은 나란히 걸어가는 느낌의 12월 12일이다. 8월 말쯤 40주 동안 이어오던 시즌 3 뉴스레터 〈예전엔 안 이랬는데〉를 잠시 쉬었다가 11월 22일에 다시 하기로 했다. 예술로 프로젝트 마무리와 외주 일 등 생업 때문에 돈 안 되는 원고를 쓸 여유가 없었다. 바쁜 일 마무리되는 가을을 잘 보내고 해를 넘기기 전에 돌아오겠다 생각했다. 언제가 좋을까? 11월 11일, 12월 21일도 재미있는 날짜지만 발행일인 화요일이 아니었다. 화요일 중 가장 귀여운 날짜로 컴백 일정이 정해졌다.

뉴스레터를 쉬는 동안에도 일기는 꼬박꼬박 쓰고, 누구도 청탁하지 않았지만 쓰지 않고서는 견딜 수 없는 긴 글을 쓴 순간도 있었다. 하반기에 여러 예술인과 함께 작업한 예술인 파견 지원 사업 예술로 프로젝트 회고가 그것인데, 흥분을 가라앉히기 위해, 감동을 잊지 않기 위해, 아쉬운 점을 기록해 두기 위해, 배운 점을 다시 곱씹기 위해서 여러 편의 글을 썼다. 그래도 주로 짧고 쓰기 편한 글이나 일로 쓰는 글만 썼다.

바쁜 일을 다 마치고 예정된 컴백 일이 다가왔다. 한가해졌으니 미뤄두었던 개인 작업을 하면 되는데 심심하고 이상했다. 지루하네, 정도에서 시작된 헛헛함은 추위와 함께 울적함으로 변해갔다. 공동 작업이나 지원 사업으로 하는 일, 의뢰 받은 건의 마감만 일인 게 아닌데, 과거의 내가 하기로 정해놓은 '내 일'이 지금의 나를 설레게 하지 않았다. 하기 싫다, 해서 뭐하나, 잘 할 자신이 없다, 기운도 없다…. 이 기분 뭔가 익숙하다.

사실 우울은 오랜 친구였다.

일이 많고 바쁘면 영혼이 피폐해져도 무너지지 않고 어찌어찌 버티는데, 그 시기가 지나고 나면 너덜너덜해진 몸과 마음을 추스르느라 기운이 쭉 빠진다. 서서히 스스로를 돌보며 기운을 차리는 일은 너무 어려워서 아무것도 하지 못하고 의욕 없이 쓰러져 괴로워만 하거나, 극단적으로 나를 몰아세우면서 억지로 힘을 내라고 다그치곤 했다. 몸을 혹사하면서 운동을 하거나, 억지로 영어 학원을 등록해서 울면서 가거나, 명상하겠다며 다리가 끊어지는 고통을 참는 식이다. 이런 방법이 효과가 없지는 않았겠지만 부작용도 심했다. 심리 상담을 받기 시작한 이후로도 쉽게 달라지지 않았다. 마른 수건을 짜내듯 본인을 다그치지 말라고, 생산성 높은 상태로 회복해야 한다는 강박을 갖지 말라고, 마음 편히 지내는 게 우리의 목표라고 수년간 반복해 듣고 따라 말하고 매번 울면서 조금씩 이해해 갔다.

근래에는 이 정도면 친구 우울이와 제법 잘 지낸다고 느꼈다. 요즘 통 마음의 날씨가 좋지 않네, 앞으로도 더 나빠질 것 같군, 이제부턴 최선을 다해 스트레스를 줄이고 미리미리 각오를 단단히 해야겠어. 폭설이 쏟아지는 날에 집 밖으로 나가지 않는 것처럼 위험이 지나가기를 기다리고, 비를 멎게 하려는 어리석은 노력을 한다거나, 비가 오지 않는 곳으로 가겠다고 빗속을 뚫고 뛰어가지 않기로 했다. 대신 사소한 이벤트를 만들어 기분 전환을 하거나 감당할 만한 일을 벌여 근심을 잊고 몰입했다. 나를 다

치게 하지 않는 방법을 하나씩 찾아갔다.

2022년에는 '집을 사서 다른 지역으로 이사한다'는 초대형 프로젝트를 수행하느라 버겁기도 했지만 그 정도 규모의 빅 이벤트가 필요한 상황이기도 했다. 불안과 두려움을 직면하고 글을 쓰면서 괴로움을 넘어서고 다음으로 나아갔다. 설레는 적응 기간 후에 찾아온 무덤덤한 시기도 그럭저럭 잘 버텼고, 이제는 정말 녀석 때문에 더는 이리저리 흔들리지 않을 것 같았다. 흔들릴지언정 너울너울 춤추듯 어정쩡함을 받아들이겠노라고, 번아웃이 오기 전에 뉴스레터 연재를 쉬기로 한 결정도 참 잘했다고 뿌듯해 했다. 이 정도면 감당할 수 있을 거야.

예상은 완전히 빗나갔다. 힘들었다. 녀석이 나를 뒤흔들어도 힘을 빼고 파도에 올라타서 기다리면 잠잠해지는 날이 있는가 하면, 녀석은 별다른 변덕을 부리지 않고 얌전하지만 뭔가 싸한 느낌이 사라지지 않는 날도 있었다. 와, 어쩌면 좋냐. 나는 이제 녀석을 더 미워하지 않고 불안과 괴로움이 녀석 때문만은 아니라는 것도 알게 되었지만 어떻게 해야 이 시간을 덜 힘들게 지나갈 수 있는지, 그게 가능한 일이기는 한 건지 막막했다. 긴 괴로움의 시기가 다시 시작될 듯한 불안함이 느껴졌다. 게다가 겨울은 프리랜서에게 유독 혹독하단다.

공연이나 행사에 섭외되는 무대 예술인은 물론이거니와 외주 업무나 지원 사업을 받는 프리랜서는 회계연도가 마감되고 본격적인 프로젝트가 시작되기 전인 연말과 연초에 수입이 거의 없다. 15년 차 프리랜서, 30년 차 예술인도 아르바이트라도 해야 하나 걱정하며 매 겨울을 조마조마한 심정으로 난다는데 겨우 4년 차인 내가 불안에 떠는 건 당연하다. 불안을 견디는 힘이 선배님들보다 약하니 더 많이 초조해서 다시 회사에 다닐 생각도 해봤다. 회사에 다닐 수 없는 인간인 것 같기는 한데 그럭저럭 해낼 수는 있어서 과거에도 입사와 퇴사를 반복했다. 이제 정말 그만하고 싶다고, 전업 작가로 살아보겠다고 다짐한 게 2021년인데, 3년 만인 2024년에 다시 이력서를 두 군데나 냈다. 결과는 서류 탈락.

괴로움은 더 깊어졌다. 어찌 되었던 시간은 흐르니 갑갑한 채로 지원 사업에 신청하고 결과를 기다리고, 선정되었지만 기쁨을 만끽하지도 못하고, 다른 지원 사업에 또 신청하면서 괴로운 채 봄을 기다리고 있었다. 기대하던 대로 지원 사업에 선정되어 〈소탐대전〉 제작비를 확보했고, 책을 낼 수 있게 되었는데도 남의 일인 양 멍했다.

그냥 받아들여야 하는 일도 있는 것이다. 우울이는 평생 친구다. 날씨는 바꿀 수 없고, 하루도 마음 편히 떠날 수 없는 발목 잡힌 운명이 싫다고 같이 살기로 한 고양이를 다시 길로 보낼 수 없다. 좋은 일이 생기면 다 해결될 거라는 기대도 버리자. 걸리적거린다고 뾰로통한 녀석만 떼놓고 갈 수는 없다. 그도 나다. 시시각각 눈치를 보고 기분을 맞추며 어떻게든 데리고 살아야 한다. 녀석 기분이 좀 나아지길 바랐지만 그런 일은 일어나지 않았고, 뭐가 마음에 안 들었는지 점점 더 심술을 부렸다. 내 가슴을 짓누르는 녀석을 어깨 위에 얹고, 때로는 손을 잡거나 업고 연재를 다시 시작할 수밖에 없었다. 계획하고 약속한 11월 22일이 돌아와 버렸으니까. 나는 어른이니까 다음 재미 날짜인 2024년 1월 23일이나 2월 20일로 미루지 않는다. 울면서도 어른스럽게 할 일을 해나가면 좋은 일이 또 찾아오리라 믿으면서.

좋은 일이 찾아와도 크게 달라질 게 없다는 걸 안다. 안 좋은 일이 일어나는 것보단 낫겠지.

대전 사람 속은 몰라도

대전 역사는 알 수 있겠지

대전근현대사전시관

대전이란 도시는 어떤 곳일까. 전국을 순회하는 어떤 공연에서 대전 출신 사회자는 대전 사람이 다른 지역 관람객보다 박수가 적고 환호도 하지 않는다고 말했다. 대전 친구 갈치도 정말 그렇다고 했지만 식당이나 상점, 도서관과 구청에서 만나는 '대전 사람'과의 짧은 대화로는 알 수 없었다. (어떤 사람을 진짜 대전 사람이라고 할 수 있나, 대전에서 태어났고 대를 이어 사는 토박이? 대전으로 온 지 20년은 넘은 사람? 대충 기준을 정한다 치더라도 얼마나 오래 사귀어야 진짜 대전 사람이 본 모습을 보여주려나.) 그런 말은 관객 반응을 끌어내야 하는 사람들이 정말 이럴 거에요? 손뼉 좀 치지? 라는 뜻의, 부담을 주기 위한 말이라고 생각한다. 다른 지역과 비교하면서 너네만 달라, 좀 뒤처졌어, 라고 무안을 주는 방식에 가깝다. 대전 사람이 직접 말하니 지역 차별이 아니라 자조적 농담 또는 우리 잘해보자는 권유와 독려겠지만 아주 달갑지는 않다.

대전에 온 지 얼마 되지 않았을 때 연이어 두세 번쯤 식당의 접객 속도가 느리다는 느낌을 받았다. '저기요'를 외쳤는데도 못 들은 건지 반응이 느린 건지 한참 있다가 누군가 내 테이블로 왔고, 추가 주문이 들어간 건지 깜빡한 건지 직원을 다시 불러서 물어봐야 하는 게 아닐까 전전긍긍할 때야 천천히 음식이 나왔다. 손님이 많은 것도 아닌데 이상하다고 생각했다. 대전이라 느린가 보다 섣부른 일반화를 잠깐 했다가 금방 잊었다. 이후로 서비스가 '서울'처럼 빠른 식당을 훨씬 많이 만났기 때문이다.

일 년밖에 안 살아서 그럴 수도 있고, 내가 만나는 사람들이 대전 토박이가 아니어서 그럴 수도 있고, 대전의 지역성이 유난하지 않아서 그런 걸 수도 있고, 세상 곳곳이 연결된 시대라 이제는 다 비슷해져서 그럴 수도 있을 텐데, 아직 나는 특별히 다른 지역 사람과 대전 사람이 어떻게 다른지 모르겠다. 충청도 화법이라고 재미로 소비되는 말투도 많이 못 들어봤다. 일제강점기에 기획된 신도시라서 탄생부터 이방인의 정서로 가득했나? 대전 사람이 어떤지는 쉽게 알 수 없어도 대전이 어떤지는 좀 찾아보면 알 수 있지 않을까?

대전에 대해 알아보기 위해 유성구 상대동에 있는 대전시립박물관에 찾아갔다. 선사시대부터 고려와 조선, 근대까지 대전의 역사가 잘 정리되어 있었지만 한번 가서 쓱 둘러본 정도로는 여전히 모호했다. 건물 깨끗하고 멋있고 한산하고 천변에 있어서 가깝다면 자주 놀러 오고 싶은 곳이라는 인상이었다. 규모에 비해 한산해서 조금 쓸쓸한 느낌도 들었다. 그래도 내부는 세련되고 포근한 분위기였고 어린이 체험 전시실도 있어서 인터넷에 아이 데리고 가볼 만한 곳으로 많이 소개되어 있었다.

대전시립박물관은 선사박물관과 근현대사전시관도 운영하고 있는데 근현대사전시관은 옛 충남도청사에 있고 집에서 걸어갈 만한 거리다.

대전 지역에 선사 시대부터 사람이 살았지만 조선 시대까지는 회덕현(현재의 대덕구)이 중심이었는데 일제강점기에 철도 건설을 계기로 대전역 일대가 발전하기 시작했고 서구에 정부청사가 들어서고 유성구가 흥하면서 원도심이 쇠락…. 대전의 역사는 대략 이렇게 이해하고 있다.

좀 자세히 알아봐야겠군. 대전근현대사전시관에 가자.

비가 내릴듯한 겨울의 늦은 오후여서 그랬을까, 건물 안팎이 스산했다. 관람객은 나뿐이었고 히터가 세게 틀어져 있는지 전시장은 답답했다. 느긋하게 대전 도시 형성 100년사를 둘러봤는데 역시 잘 모르겠다. 자발적으로 궁금해서 찾아온 건데도 이렇게 재미를 못 느껴서야.

입구에 들어섰을 때 보이는 2층으로 올라가는 계단, 규칙적으로 창과 문이 있는 복도, 오래된 나무 문과 돌 바닥, 찬바람이 숭숭 들어오는 화장실, 어두컴컴한 실내가 아름답고 처연했다. 2층엔 도지사 집무실이 관람객에게 개방되어 있었는데 불이 꺼져 있었다. 베란다로 나가면 대전역까지 한눈에 보여서 전망이 좋은데 문이 닫혀 있어서 슬금슬금 가서 살짝 열고 나갔다가 들킬새라 금방 들어왔다.

2층과 3층은 여러 기관이 사무실로 사용하고 있다가 철수한 상태였다. 남아있는 곳도 있긴 하던데 오래된 건물이라 다들 사무실 안에서 웅크린 채 히터만 세게 틀어놓고 있을 것 같다는 생각이 들었다. 복도엔 아무도 없고 2층 올라오는 계단에서 두 명이 사진을 찍고 있었다. 날이 흐려서 사람이 없는 걸로 생각했는데 나중에 찾아본 다른 날의 인터넷 후기에도 사람이 없어서 무서웠다는 글이 있었다. 오래된 건물이라 불을 켜도 건물 내부는 좀 어두운 느낌이 든다. 영화 〈변호인〉 촬영지다, 인생샷 찍기 좋은 장소다, 라고 홍보해도 관광객이 많이 오지 않는 모양이다. 박물관의 꽃은 역시 기념품점과 카페인가. 그런 곳은커녕 앉아서 머물 곳도 없어서 금방 나왔다. 대전의 역사 공부는 여러 번에 나눠서 다른 곳까지 계속 방문하고 천천히 해야겠다.

가끔 작업실처럼 출근하는

테미살롱

작업실로 매일 출근하는 작가가 되고 싶었다. 걸어서 10분 정도의 거리, 창밖으로 나무와 하늘이 보이고 천장이 높은 곳, 너무 춥거나 덥지 않을 것, 커다란 책상을 놓을 수 있도록 넉넉할 것, 앉자마자 일할 맛이 나도록 책상 위와 눈 닿는 곳은 깔끔하게 정리되어 있어야 하고, 푹신한 소파가 있을 것.

작업실이 있다면 이런 곳이면 좋겠다고 방금 떠올려봤다. 진짜로 그런 공간을 찾아본 적은 없다. 갖고 싶다고 진심으로 생각한 적도 없다. 월세가 얼마일까? 가구는 뭘 놓지? 전기세와 수도세를 포함한 유지비는? 비용을 감당할 수 있나? 꿈조차 꾸어지지 않는다.

작업실이 없어도 매일 글 쓰는 사람은 될 수 있었다. 나는 주로 집에서 쓴다. 책상에 좋아하는 천을 깔아 분위기를 낸다. 고인 기분이 들면 책상을 이리 저리 옮겨 본다. 손으로 일기를 쓰고, 휴대전화에 메모를 하고, 책상에 앉아서 컴퓨터로 글을 쓴다.

많이 쓰고 많이 읽…으려고 노력한다. 일주일에 한 번은 한밭도서관에 간다. 반납 기일 문자를 받고서 2주만에 갈 때도 있다. 도서관에서는 미리 골라둔 책을 찾거나 우연히 발견한 책을 빌려 온다. 완주와 전주의 도서관에서는 책을 읽다 온 적도 종종 있었지만 대전 한밭도서관에는 좋아하는 장소가 아직 없어서 책만 빌려서 바로 돌아온다.

가끔 카페에도 간다. 자발적으로 업무 개시가 도저히 되지 않을 때, 일하기 싫을 때, 종일 누워만 있고 싶을 때, 자꾸 기분이 가라앉을 때 일단 집밖으로 나선다. 그런데 아무 카페에나 간다고 기분이 나아지지는 않는다. 실내의 첫인상, 일하는 사람의 접객 스타일, 음료의 맛, 주변 사람들 소리 음악 소리 기계 소리 등 각종 소리, 눈 앞에 보이는 풍경을 포함한 모든 것이 거슬리면 안 된다. 커피 한 잔 값을 치르면서 참 많이도 따진다 싶은데, 그래서 혼자 카페에 잘 안 간다. 이어폰과 귀마개로 철저히 준비하고 스타벅스 같은 대형 카페로 가서 오랫동안 일하다 온 적은 있다. 그나마 도서관을 가끔 작업실로 이용한 건 돈이 들지 않았기 때문일 거다. 돈도 안 내는데 이 정도는 참아야지.

집 근처에서 가끔 작업실로 사용할 공간이 필요했다. 근무 태도가 좋을 때는 누가 시키지 않아도 알아서 책상으로 부지런히 출근했는데, 늘 그럴 거라 기대해서는 안 된다. 환경이 중요하다. 도서관처럼 무료로 이용할 수 있는 공간을 수소문했다. 그러면서도 조용히 오래 머물 수 있는 곳인 커먼즈필드 안녕라운지, NGO센터, 테미살롱을 번갈아 방문한다. IBS 과학문화센터, 대전시립박물

관도 좋지만 조금 멀다. (어차피 멀리 가볼 거라면 다른 공공도서관도 한번 가봐야겠다. 대전학생교육문화원은 가까운 편이라 종종 들른다.)

테미살롱은 옛 충남도지사 관사촌 테미오래의 7호 관사다. 다른 집은 전시장이나 작가 레지던시 공간으로, 테미살롱은 관람객 쉼터로 꾸며 놓았다. 월요일은 쉬고 10시부터 5시까지 문을 연다. 한여름 야간 개장 시즌에는 밤 9시까지 이용할 수 있다.

현관문을 열면 왼쪽에 작은방 두 개, 오른쪽으로 거실과 큰방, 부엌이 있다. 작은방은 창문에 블라인드가 내려와 있어 답답하지만 거실은 라디오 소리가 시끄럽고 오가는 사람이 신경쓰인다. 세 방 중 사람이 없는 방으로 자리를 잡는다. 아직 이용객이 많지 않아 조용한 편이다. 가끔 모임을 하는 사람도 있는데, 귀를 막으면 된다. 무료니까 이 정도 노력은 할 수 있다. 주로 클래식 라디오가 틀어져 있던데 오늘은 두시의 데이트가 흘러나왔다. 자원봉사자가 틀어놓았거나 누군가 마지막으로 맞춰둔 것일 터다. 진행자 재재를 좋아하지만 너무 시끄러워서 거실의 이용자가 없는 틈을 타서 냉큼 클래식 라디오로 주파수를 변경하고 볼륨도 확 낮췄다.

작년만 해도 관계자 외 출입금지 구역으로 2층에 올라가지 못했는데 얼마전 들러보니 정말이지 카페처럼 좌식으로 쿠션을 깔아 쉬기 좋은 공간으로 변해 있었다. 아이 있는 방문객에게 딱이겠다 싶었지만 계단 올라가는 2층은 위험하니 노키즈존으로 운영한단다. 조금 아쉽다. 일하기 좋은 공간이 아니라 내가 올라갈 일은 별로 없겠다.

전처럼 다시 작업 책상으로 매일 아침 출근할 부지런함이 생기면 좋겠다. 아니다, 요즘처럼 기운 없는 시절에 매일은 너무 큰 꿈이다. 겨울 동안은 일주일에 두 번으로 하자. 작업실이든 카페든 작가들은 매일 쓰기 위해 다들 애쓴다. 앞으로도 작업실을 갖게 될 확률은 낮은데 어디서든 매일 쓰는 작가가 되면 좋겠다. 그래도 매주 뉴스레터를 보내는 부지런함을 칭찬하기로 하자. 매주 그림을 그리고, 매주 팟캐스트를 녹음해서 올린다. 이거 해서 뭐하나, 잘하고 있나, 누가 읽고 듣기는 할까 같은 생각은 하지 말자. 그냥 한다. 하다보면 어떤 마음이 자연스럽게 피어오를 것이다.

언제나 가기 전보다 행복해지는

쌍리

대흥동 쌍리는 언제 어떤 기분으로 가도 행복해지는 카페다. 맛있는 커피를 파는 곳이라고 서울 친구 두루미가 알려줬다. (서울 친구라고 단정지어 말하긴 어려운데, 부산에서 만났고 서울과 부산, 전국을 돌아다니면서 일하는 친구다. 비非 대전 친구라고 지칭해 보도록 하자.) 아직 쌍리를 안 가봤단 말이야? 비 대전 친구 두루미는 깜짝 놀랐다. 당연히 알고 있는 줄 알고 대전 친구들이 말 안 해 줬나 봐. 다람쥐도 갈치도 다들 커피맛을 따지며 카페를 다니는 사람은 아니니까. 쌍리는 술집 많은 거리 초입에 자리한 데다 출입문 위에 조그맣게 붙은 간판과 물고기 두 마리 그려진 돌출 간판이 전부여서 성심당 가는 길에 몇 번은 지나쳤을 텐데도 눈에 잘 안 들어왔다.

맛있는 커피 집을 수소문하긴 했는데 적극적으로 탐색한 건 아니어서 집 근처 두어 군데만 다녀보고 적당히 실망한 뒤였다. 한 집 건너 한 집 또 카페가 있는 거리에서 커피가 맛있고 고즈넉한 카페를 찾기는 어려웠다. 젊은이들이 많이 찾는 불편하고 세련된 카페, 커피 맛이 이상한 카페, 음악이 별로인 카페, 옆 사람 목소리가 너무 크게 들리는 카페, 사장님의 인상이 내 맘에 안 드는 카페, 상호가 마음에 안 드는 카페…를 거르다 보니 갈 곳이 없어서 그나마 커피 맛이 괜찮은 카페에서 원두를 사다가 집에서 내려 마셨다. 그런데 쌍리는! 내가 원하는 모든 조건을 다 갖췄다.

커피가 맛있다. 두루미가 쌍리 드립을 추천해 주어서 주로 그걸 마신다. 핸드 드립과 쌍리 드립의 차이를 물어볼 생각도 안 하다가 지난주에 혼자 갔을 때 핸드 드립을 마셨는데 진하기 정도가 조금 다른 듯했다. 인터넷을 찾아보니 쌍리 드립은 구멍 하나짜리 드리퍼로 내리고, 핸드 드립은 세 개짜리 드리퍼로 내린다고 한다.

쌍리는 고요하다. 1층은 약간 어수선해 보이고 2층에 비해 소란스럽다. 엘피와 시디가 가득하고, 커피 포대와 각종 도구, 책이 눈 닿는 곳마다 쌓여 있다. 왠지 사장님이 말을 걸 것 같은 느낌이 들고 테이블 간격도 아주 넓지는 않다. 역시 또 검색을 통해 알아보니 2009년 정도에 개업한 것 같다. 15년 가까이 되는 세월 동안 차곡히 시간이 쌓인 진짜 빈티지 카페다. 나는 바로 2층으로 올라간다. 떡 하니 좋은 소리를 낼 것 같은 오디오가 한가운데 좋은 자리를 차지하고, 벽에는 전시 중인 작품이 걸려 있다. 손님의 연령대도 다양하다. 나이 지긋한 분부터 젊은이까지 조용히 다녀간다. 이런 카페라면 책도 읽고 글도 쓰고 방해 없이 시간을

coffee
COFFEE

oRISTA

잘 보낼 수 있을 것 같다. 그렇지만 결국 한두 시간 앉아만 있다 왔다. 지금 내가 뭘 못 하는 이유가 장소 탓은 아니다. 마음의 문제겠지. 그래도 가기 전보다 훨씬 행복해져서 돌아왔다. 이렇게 좋은 카페가 여전히 사랑받고 있어서 다행이라고 생각했다. 누가 누굴 걱정하는지 모르겠지만 평일 낮에 너무 손님이 없는 거 아닌가 싶어서…. 그래도 주말에 사람이 많을 땐 자리가 없어서 그냥 돌아온 적도 있다.

쌍리에 가면 기분이 좋아진다. 정성껏 내린 커피를 대접받는 느낌이 들고, 편안한 음악 외에 다른 소리는 거의 들리지 않는다. 주변 손님들 모두 나름의 방법으로 조용히 쌍리의 커피와 공간을 즐기는 듯하다. 쌍리에는 일하러 말고 목적 없이 그냥 시간을 보내러 가야겠다. 조금 불행하다는 생각이 들 때도 들어가기 전보다는 분명 행복해질 테니까.

손님이 많아 할 말도 많은

반찬식당

〈소탐대전〉을 시작할 때는 일간지 문화 담당 기자의 마음으로 대전 구석구석 문화와 예술이 반짝이는 곳, 아름다운 자연을 편안하게 만나는 곳, 귀하고 맛있는 음식을 먹을 수 있는 곳, 알아채기 어렵지만 특별한 매력이 있는 곳을 두루두루 소개하고 싶었다. 문화인이라면 갈 법한 미술관, 박물관, 지역 예술인이 올리는 공연을 찾아가려고 했는데… 공부하듯 숙제하듯 애를 쓰지 않으면 어느샌가 맛집 탐방이 되어버린다. 먹는 데 진심이니까. 그렇지만 실은 먹는 일이 문화고 예술이다. 그 좋아하는 음식에 마음을 쓰지 못할 정도로 지쳐 힘이 없는 날에도 밥은 먹어야 한다. 대충 먹기도 하지만 그래도 먹어야 힘이 나니까. 그래서 오늘의 탐방지는 집에서 멀지 않은 반찬식당이다. (아마 당분간은 집에서 슬슬 걸어갈 수 있는 식당에 대해 쓸 것 같다.)

겨울이 이어지는 동안 신나는 일이 별로 없어서 겨우겨우 힘을 내 글을 쓰고 그림을 그리고 팟캐스트 녹음을 한다. 요리할 마음이 올라올 때까지는 간단하게 먹으려고 물만 부으면 되는 즉석국을 샀다. 밥 하기조차 귀찮을 때를 대비해 오트밀도 샀다. 성심당이 이렇게 복잡해지기 전에는 올리브 샌드위치나 통밀빵을 종종 사 먹었는데 요즘은 평일 오전에도 20~30명 이상 줄을 서

있으니 들어갈 엄두가 안 난다. 주중에는 끼니를 연명하는 심정으로 적당히 먹지만 그래도 주말에는 데이트를 핑계로 맛있는 걸 먹으러 간다. 과거의 내가 보면 믿지 못할 정도로 전형적인 연애 인간이 되었다. 지금의 연애는 얼굴만 보고 있어도 흐뭇하고 웃기고 기분이 좋아서 밥 먹으러 갈 시간을 매번 놓치고 만다. 토요일에 만나 일요일 새벽에 헤어졌는데도 아침이 되면 금세 또 보고 싶어져서 80킬로미터쯤은 금방 달려온다. (아! 물론 보고 싶은 건 둘 다고, 달려오는 건 매미지만.)

피곤이 채 풀리지 않은 일요일 점심, 매미와 나란히 자전거를 타고 반찬식당에 갔다. 7천 원에 된장찌개, 콩비지, 달걀찜, 열무김치와 4가지 나물까지 나오는 보리밥 집이다. 기본 보리밥 외에 고등어 구이나 두부두루치기로 주문할 수 있고 파전과 묵무침을 추가로 판다. 다 먹어봤는데 모두 맛있다.

주말은 4시~5시, 평일은 3시~4시가 브레이크 타임인데 딱 4시에 도착해서 한 시간이나 기다려야 했다. (다음주에 가서 보니 3시 반에 도착해도

반찬식당
반찬
반찬호떡

이미 주문은 마감이었다.) 대기실에 기다리는 손님이 가득, 번호표를 미리 뽑을 수도 없는데 그냥 기다리는 사람이 많았다. 1층에서 호떡이나 먹으면서 기다릴까 내려가서 인파를 뚫고 호떡을 주문했더니 호떡은 한 시간 기다리란다. 밥이 먼저냐 호떡이 먼저냐 흥미진진한 저녁 식사가 되겠구나.

대전 친구 다람쥐가 반찬식당을 처음 소개해준 이후로 신선한 채소에 각종 나물 반찬을 배불리 먹을 수 있는 이곳이 좋아서 비대전 친구 여럿을 데리고 왔었다. 1층 호떡집에 사람이 잔뜩 모여 있는 모습을 보고 처음엔 3층 식당 입장을 기다리는 손님에게 서비스로 호떡을 나눠줘서 이렇게 사람들이 모여 있나 싶었다. 그런데 웬 걸. 호떡만 먹으려고 한 시간씩 기다리는 사람들이었다. 사람 얼굴만한 씨앗 호떡이 2천 원이고 맛도 있으니 그럴만했다.

1층은 반찬호떡, 2층은 호떡 먹는 곳, 3층은 식당 번호표 뽑고 기다리는 대기실, 4층이 반찬식당이다. 식당 테이블도 충분히 간격이 넓어 답답하지 않고, 창쪽 자리는 전망도 좋다. 고추장과 들기름이 테이블마다 놓여 있고, 비빈 밥 싸 먹으라고 구운 김도 있다. 열무김치는 찾는 손님이 많은지 따로 판매한다. 참기름과 고추장 선물세트도 판매 중. 파전이나 묵무침 같은 곁들임 음식은 서빙 로봇이 가져다준다. 귀여워.

엘리베이터와 대기실에 안내문이 아우성치듯 붙어 있다. 만석이니 대기번호 뽑아라, 4인 기준이니 그 인원 이상은 번호표 두 장 뽑아라, 입장하면서 바로 주문해라, 식사 주문 한 사람에 한해 보리밥 무한 제공이다, 소주는 안 판다, 입장 번호 호출했을 때 계단으로 올라오는 거 보고 판단하니 안 보이면 넘어간다 등등. 뭐 이렇게 주의 사항이 많냐 싶은데, 찾아오는 사람이 많으면 할 말이 그만큼 많겠지 싶다. 태평소국밥에도 자주 가는데 거기에도 아주 벽마다 잔뜩 빨간 글씨로 이런저런 공지 사항이 붙어 있다. 그런 걸 보는 게 또 재미다.

주변을 30분 정도 산책하고 돌아왔더니 번호표를 뽑을 수 있게 되었다. 호떡은 처음에 안내한 1시간보다는 조금 덜 걸린 50분 후에 나왔다. 4시 50분에 호떡을 받아 먹고 5시에 반찬식당에 입장했다. 맛있는 보리밥을 든든히 먹고 자전거 타고 돌아왔다. 혼자 오는 손님은 자리 나길 기다릴 필요 없이 1인석에서 바로 먹을 수 있다는데 밥 해 먹기 싫은 날 슬슬 걸어서 보리밥 먹으러 와야겠다. (드디어 혼자 가서 대기 손님들을 뒤로 하고 으기양양하게 입장 성공했다는 기쁜 소식을 전해드립니다.)

며칠 뒤 오후에 간식으로 먹을 호떡을 사러 산책 삼아, 운동 삼아 반찬호떡에 갔는데 5시가 되기도 전에 반죽이 떨어져서 못 먹었다. 분하다! 아쉬운 마음을 달래며 돌아오다가 보문산 공원 오거리에서 귀여운 제과점을 발견해서 들어가봤다. 1987년부터 영업중인 극동제과. 오! 여기서 빵을 사면 되겠네. 다음주엔 극동제과 이야기를 들려드리겠습니다. (사실 지금 극동제과거든요.)

정답고 맛있고 귀여운

극동제과

집에 안 간 건 내 선택이긴 한데 심심하고 외롭고 쓸쓸하고 우울해질 것 같아서 동네 산책을 나섰다가 보문산 고촉사까지 다녀왔다. 꽤 많이 걸었고, 숲길, 바람에 흔들리는 나무, 확 트인 전망, 구름처럼 아름다운 것들을 봤다. 명절에 안 간 게 미안해서 그랬는지 엄마 생각이 나서 전화를 했고 효도한 건 했다고 기뻐했다. 집에 돌아오는 길에 보문산 공원 오거리에서 귀여운 제과점을 발견하고 다음에 들러봐야겠다고 생각했다.

2022년 9월 10일 토요일
추석 연휴 둘째 날의 일기

문 닫힌 극동제과 앞에 확대해 붙여 놓은 신문에서 1대 창업주 부부와 2대 사장인 아들이 환하게 웃는다. 오래된 가게에는 늘 마음이 간다. 엄마가 보고 싶어서 그랬나 명절을 혼자 보내는 게 적적해서 그랬나 모부와 함께 대를 이어 장사하는 집이라니 더 좋아보였다. (남의 일이라 말이 쉽다. 엄마와 함께 장사를 잘할 자신은 없다.)

극동제과에서 처음 빵을 산 날은 그로부터 1년도 훨씬 지난

2024년 1월 30일이다. 반찬호떡에 갔다가 이른 반죽 품절로 시무룩하게 돌아오던 날, 예전부터 눈여겨 본 극동제과에 드디어 들어가게 된 것이다. 그리고 일주일 뒤인 2월 6일에는 극동제과에서 맘모스빵과 양파빵을 커피와 함께 먹으면서 〈소탐대전〉 반찬식당 편을 썼다. 설 연휴가 시작되는 첫째 날에 한 번 더 가서 크랜베리쌀빵과 계란빵을 샀고, 방금 이 원고를 쓰면서 먹으려고 단호박깨찰방을 사 왔다.

이렇게 정확한 날짜를 써야 속이 후련하다. 처음 극동제과를 발견한 날이 명절 연휴였고 날이 쌀쌀했던 것 같아서 2023년 설이라 생각하고 작년의 업무일지, 휴대전화 사진첩, 트위터를 뒤져보았는데 며칠인지 도통 찾을 수가 없었다. 기억이 헷갈리고 날짜는 너무 알고 싶어서 발을 동동 굴렀다. 원고를 쓰려고 도서관에 간 상태였는데 나란 사람은 일기장을 뒤져서라도 정확한 날짜를 알아야만 다음으로 넘어갈 수 있다. 그래서 서둘러 집에 돌아왔다.

2023년 설날이 언제였는지 검색해서 그 날짜의 일기장을 꺼내보았는데 보문산에 갔다는 말이 없다. 그럴 리가 없는데… 그런 중요한 일을 일기에 적지 않았을 리가 없는데… 분명 명절 연휴였는데… 혹시 추석인가? 수십 권의 일기장 중에 2022년과 2023년

추석의 일기를 찾아보았다. 그럼 그렇지, 2022년 일기에서 드디어 발견. 업무일지에서도 확인했다. 나는 엑셀을 이용해서 업무일지를 쓰는데, 회의나 원고 마감 일정 외에도 좋아하는 장소에 갔을 때나 특식을 해 먹은 날의 메뉴, 대청소를 한 날까지 기록해 둔다. 2022년 시트에 떡 하니 보문산 등반이 적혀 있었다.

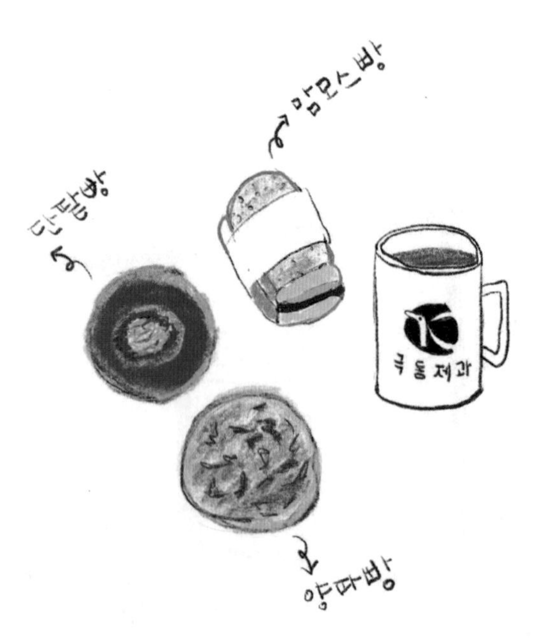
맘모스빵
단팥빵
극동제과
양파빵

처음 극동제과에 들어간 날엔 반찬호떡에 대한 아쉬움이 너무 커서 집까지 갈 힘이 없었기 때문에 길에 서서 생도너츠를 먹었다. 달달함이 입을 거쳐 뇌에 도착한 순간, 방금 갔던 극동제과가 얼마나 아름답고 귀여웠는지에 대한 감동이 동시에 도착했다. 어릴 적에나 보던 구리볼(상투과자), 바나나빵, 카스텔라, 분식점에서 처음 먹어본 햄버거랑 똑같이 포장된 귀여운 햄버거, 맘모스빵, 크림빵이 역시 귀여운 빵 봉지에 담겨 있었다. 비닐 봉지에는 제과점 일러스트가 그려져 있었는데 빵가루가 잔뜩 묻고 미끌미끌한 비닐을 씻어서 보관하고 싶을 정도였다. 이번엔 너무 계획 없이 지저분하게 빵을 먹었으니 다음에 가서 한 번 더 빵을 사 조심히 먹고 봉지를 잘 보관해야지. (다음번에 갔을 땐 빵 봉지를 깨끗하게 챙겼다. 그림이 잘 보이라고 흰 종이도 안에 넣었다.)

빵집의 기본은 빵 맛인데, 맛있다는 이야기는 안 하고 귀여운 외모와 정다운 스타일만 강조하니 혹시 맛이 별로라서 슬슬 시간을 끄는 건가 싶겠지만 아니다. 맛있다. 단팥빵과 크랜베리쌀빵이 특히 맛있다. 국진이빵, 공갈빵, 바나나빵은 옛날 생각이 나서 오래된 손님들이 좋아한다고 한다. 1987년에 개업해 한 자리에서 40년 가까이 사라지지 않고 영업 중인 있는 가게가 맛이 없기란 쉽지 않다. 그 세월 자체가 매력이고 맛이다. 내부에는 87년 개업식날 사진을 비롯해 옛 사진이 많이 붙어있는데 무슨 사진이냐 물어보진 못했다.

때마침 중구청에서 맛집 소개 차 취재 나온 분에게 여자 사장님이 이런저런 설명을 해주시는 걸 들었다. (이건 또 어떻게 알았냐, 다음날 중구청 블로그에서 내 얼굴이 모자이크 처리된 사진을 발견했기 때문이다.) 왜 오늘은 혼자 계세요? 라고 단골 손님이 묻는 말에 아들은 쉬다가 좀 이따 나와요 하는 대답을 들어서 의도치 않게 3인의 근무시간도 대략 파악해 버리고 말았다. 처음에 오후에 방문했을 땐 2대 남자 사장님이, 두 번째 3시 이전에 갔을 땐 1대 여자 사장님이, 며칠 전 저녁에 갔을 땐 1대 남자 사장님이 빵을 만들고 계셨다.

몇 년 전에 리모델링해서 내부에 테이블 좌석을 만들었다는데 여유롭고 편안한 분위기라 일하기에도 좋을 것 같다. 아메리카노 3천 원이니 저렴한 편.

그리면서 든 생각

그냥 하는 거죠, 뭐

울면서 약속 지키기

국민학교 2학년인가 3학년 때쯤 장래 희망을 쓰라는 시험 문제가 나왔다. 똑똑하다는 말을 듣던 이보현 어린이는 뭐라고 쓰든 정답이란 걸 눈치챘다. 남자로 태어났으면 장군감이라는 이야기를 내내 듣던 어린이는 다른 여학생처럼 현모양처가 꿈이었을까? 언니들처럼 공부를 잘해서 동네의 자랑이 되고 좋은 대학에 가고 싶었을까? 그때 장래 희망이 뭐였는지 기억나지 않는다. 실제 꿈과 전혀 다른 걸 적었다는 사실만 어렴풋하다. 상상할 수 있는 가장 멋진 모습을 답으로 적어야겠다고 생각했다.

화가, 그림을 잘 그린다는 칭찬을 받은 적도 없고 그림 그리기를 좋아하지도 않았으면서 그렇게 썼다. 그때부터 자기만의 세계에 사는, 원하는 게 분명해서 남들이 뭐라 하든 상관하지 않는 특이한 아이라서 그런 게 아니었다. 내 그림 실력으로 절대 화가는 될 수 없을 거고, 공부 잘하는 걸 최고로 여기던 당시 분위기에 따라 우등생인 내가 화가가 될 리도 없을 터였다. 무슨 생각으로 그런 답을 썼는지 모르겠다. 정말 화가가 되고 싶었을까? 그림을 못 그리는 사람도 화가가 될 수 있는 세계를 떠올렸다는 점에서 '예술가스럽다'고 해야하려나.

미술 시간은 언제나 고역이었다. 체육 시간도 싫어했다. 나 포함해서 당시 공부 좀 한다는 아이들은 거의 다 예체능을 못했고 그게 자랑까지는 못되더라도 자연스러운 일이었다. 그나마 노래는 곧잘 한다는 소리를 들어서 음악은 덜 했지만 미술과 체육은 스스로 못한다고 생각했다. 사람들도 내가 못한다고 했다. 그리기에는 흥미가 없지만 만들기는 좋아했는데… 윗몸 일으키기를 못 하고 100미터 달리기는 23초를 훌쩍 넘겼지만 이단 줄넘기랑 오래달리기는 잘했는데… 나는 집에서도 학교에서도 공부만 잘하는 아이로 통했다. 책을 많이 읽고 과묵했으면 전형적이더라도 그나마 신비로운 분위기를 풍기기라도 했을 텐데, 말 많은 까불이가 칭찬받고 싶어서 시험 잘 보고 그러다 보니 학급 임원을 하는 정도였다. 장기 자랑 시간에는 조용해지는 모범생, 전교 회장은 남의 일인 우등생.

엄마가 장사하느라 바빠서 거의 학교에 찾아가지 못했는데, 공부를 워낙 잘해서 반장을 맡지 않을 수 없었다는 게 우리집 단골 자랑이다. 그때는 수우미양가로 성적을 매겼고, 5학년 미술에만 '우'가 하나 있다. 쉰을 향해 가는 나이에 엄마가 생각하는 막내딸의 제일 큰 자랑거리가 국민학교 때 성적표라니 그때 이후로 부모가 받고 싶은 효도를 못했구나 싶다. 고맙게도 내 위의 우등생 자매들이 중학교, 고등학교, 대학교, 취업까지 계속 엄마 아빠의 자랑이 되어주었다. 성인이 되고 나서는 내가 행복하게 사는 게 제일 큰 효도 아니냐고 주장하면서 아예 당신들의 기대를 배반하면서 산다. 모르는 길을 헤매느라 방황하는 시간이 길었고 내가 찾던 세계에 닿았는지 여전히 모르겠지만 지금 충분히 행복하다. 외롭고 괴롭고 슬프고 우울한 날이 있어도 행복할 수 있다. 그게 나의 세계다.

학교를 졸업하고는 시험을 보지 않고 점수도 매기지 않는 악기 수업, 그림 수업을 종종 찾아다녔다. 달리기가 얼마나 재미있는지 알게 되어 마라톤에도 나갔다. 강제력이 없는 취미 생활엔 금방 흥미를 잃고, 준비되지 않은 몸으로 하는 운동은 오히려 해가 되기도 했지만 음악, 미술, 체육 수업에 대한 학창 시절의 안 좋은 기억을 지울 수는 있었다. 세상엔 할 게 많으니까 금방 하다 마는 내 모습에 실망하다가도 금방 잊어버리고, 이것저것 재미있어 보이는 걸 야금야금 경험했다. 조금씩 세계가 넓어지는 과정을 즐겼다.

가끔 그림일기 쓰고, 만화 비슷한 걸 그리고, 여행 중에 만난 풍경을 쓱쓱 그려보기도 했다. 그러다 본격적으로 일터의 어린이 미술 강사였던 은어 선생님께 그림을 배우러 다녔다. 그게 20여 년 전이다. 사진을 뒤집어서 따라 그리기, 명화 모사하기 등 보이는 대로 그리는 법을 연습했다. 내 그림은 나의 세계일 뿐 누구보다 잘 그리거나 못 그린다 비교하지 않아도 된다는 사실을 배웠다. 그제야 비로소 내 그림이 조금 마음에 들었다. 업무가 바빠지니 은어 선생님 화실에 찾아가는 날이 점점 뜸해졌다. 회사를 옮긴 뒤 한 번인가 은어 선생님께 따로 연락해 찾아뵌 적은 있었는데 인연이 계속되진 않았다.

그로부터 2~3년 정도 뒤 동아리 후배가 내가 좋아할 것 같다며 수작업 일러스트 수업을 소개해줬다. 바로 등록했다. 그때부터 오리와의 인연이 시작됐다. 아마 이게 2000년대 후반쯤. 과정을 마치고는 오리 선생님이 주관하는 그림 모임에 나가고, 내가 맡은 업무에 필요한 삽화를 요청하면서 우정을 쌓았다. 그 후로 10년이 훌쩍 넘는 시간 동안 선생님, 거래처, 아는 사람, 친구로 지위를 옮겨 오리는 '절친'이 되었고 비정기 그림 멘토, 시각 디자인 자문 및 동종업계 동료를 역임 중이다.

글로 마음을 표현하고 정리하듯 그림으로도 하고 싶고, 만화도 그려보고 싶고, 이왕 그리는 거 아름답게 그리고 싶은데 정작 많이 그리지는 않았다. 새로 들어간 회사(앞서 옮겼다는 회사와는 다른 회사임) 생활이 지겨워서 직장 동료와 수요일에 만화를 그리는 '옥수수만화' 모임을 만들어도 보고, 퇴사 후에 아침 요가 일기를 그려도 봤다. (퇴사 얘기가 자주 나오는 것 같다고요? 맞습니다. 회사에 들어가는 족족 그만뒀거든요.) 귀엽고 예쁘게 그리고 싶은데 마음처럼 표현이 안 되니 답답해서 지속하기가 어려웠다. 그나마 완주 마을 신문 〈완두콩〉에 연재할 때, 글에 어울리는 간단한 그림을 꾸준히 그리기는 했다. 고료를 받으니 어쨌든 책임감 있게! 여기까지는 2010년대의 이야기다.

때는 2021년, 그림을 많이 그리겠다고 기어이 아이패드를 사고서도 깨작깨작 대기만 하던 내게 오리는 연습하기 좋은 책도 알려주고, 따라 그리기 좋은 그림이나 참고 자료도 보여주고, 연습하는 방법도 가르쳐줬다. 친구가 된 후로도, 내가 안 그려서 그렇지, 처음 만났을 때처럼 계속 좋은 선생님이었다.

본격적으로 수업을 한 건 2022년 2월이었다. 2021년 가을께 책을 두 권이나 쓰면서 바쁘고 힘겨웠던 일을 마치고, 갑자기 찾아온 자유 시간에 어쩔 줄 몰라 하던 때였다. 코로나 때문에 집 밖에 나가기도 편치 않았다. 갓 퇴사를 했을 때처럼 올해에는 꼭! 아침마다 요가를 하겠다, 매일 그림을 그리겠다 다짐은 거창했지만 흐지부지되었다.

같이 준비해서 지원 사업으로 신청했던 비대면 교육 프로그램이 탈락한 뒤였던가, 정확히 기억나진 않지만 오리가 먼저 그림 수업을 해주겠다고 했다. 비대면 그림 과외가 시작되었다. 한창 빠져있던 미가옥 콩나물국밥을 그리고, 오늘 먹은 케이크도 그리고, 떡볶이, 라면, 붕어빵, 김말이튀김, 같이 사는 고양이 가지도 그렸다. 좋아하는 풍경을 그리고 다른 사람의 일러스트 작품도 따라 그렸다. 스스로 알아챌 만큼 실력이 늘었다거나, 처음 은어 선생님과 그림을 그릴 때처럼 내 그림을 좋아하게 되었는지는 잘 모르겠다. 그렇지만 오리 선생님과 그림을 그리면 재미있었다. 자꾸자꾸 내 그림을 선생님에게 자랑하고 싶었다. 이사를 준비하면서 수업은 그만두게 되었지만, 가끔 혼자 그림을 그리면 늘 선생님에게 보여주었다.

뉴스레터로 원고를 보낼 때는 직접 그린 그림을 포함한다. 시즌 1 이사 이야기 때부터 이어져온 나름의 전통이다. 그림을 원고의 일부로 생각하면, 약속과 마감을 꼭 지키는 성격상 강제성이 생긴다. 어떤 글에만 그림이 있고 어떤 그림엔 없어서도 안 된다. 시작하면 끝까지 어떻게든 해야 한다. 상황을 표현하는 간단한 그림, 사진을 보고 따라 그린 풍경, 이야기를 떠오르게 하는 상상의 그림 등 다양한 그림을 그렸다. 거의 모든 그림에 오리 선생님의 다정한 지도 편달을 받았다.

정기적으로 수업을 하지 않아도 오리는 나의 그림 선생님인데, 2023년 11월 다시 극심한 우울이 찾아왔을 때 또 먼저 그림 수업을 제안해 주었다. 뉴스레터를 쉬고 있었으니 원고와 관련된 그림을 그릴 생각은 아니었다. 뭘 그려야 할지 모른 채, 그리고 싶은 것도 없는 채로 수업이 시작되었다. 언제나 만화를 그려보고 싶었으니 만화를 그리겠다고 했다가 어려워서 한 번만에 관두고 슬렁슬렁 흥미를 돋우는 차원에서 좋아하는 걸 그리기로 했다. 그래서 스마일칼국수에서 파는 김밥을 그렸다. 좋아하는 음식을 그릴 때는 무조건 행복해지니까.

스마일칼국수처럼 좋아하는 장소에 대해 쓰겠다는 〈소탐대전〉의 기획은 이렇게 확정되었다. 동네를 여행하는 소소한 대전 탐험. 그림 수업의 내용은 〈소탐대전〉의 삽화로, 장소에 대한 그림으로 정해졌다. 다음 주 원고를 위해서는 장소에 방문해서 취재를 하고, 인상 깊은 것이나 그릴 만한 장면을 사진으로 담아온다. 취재라고 하니 거창한데, 안 가보고 쓸 순 없으니 가서 분위기를 직접 느껴보는 정도다. 오리 선생님은 나중에 만화를 그리고 싶을 때를 대비하는 차원에서, 만화가 아니더라도 내가 그리는 그림에 사람이 나오기는 할 테니 다양한 사람의 모습을 연습해 보자고 했다. 기본기 연습이다. 감정이나 상황을 표현하는 동작이나 표정, 나이와 성별과 옷차림이 다양한 사람을 숙제로 10명씩 그려오라고 했다. 우울해 죽겠고 의욕도 없지만 오리 선생님이 내준 그림 숙제는 전날 밤에 울면서라도 했다.

오리의 그림 과외는 '절친'을 위한 우정, 그림 그리는 선배이자 직업인으로서 그림을 그리고 싶은 사람에 대한 사랑으로 기꺼이 내주는 시간과 마음이다. 그 귀한 걸 받으면서 숙제 따위를 안 해갈 수가 있나. 게다가 내 몸에 흐르는 그놈의 모범생 피, 성실 유전자는 숙제가 입력되면 어떻게든 출력한다. 아무것도 하기 싫다고 내내 누워있다가도 수업 전날인 화요일 밤 10시가 되면 책상에 앉아 사람을 그렸다. 2시간쯤 그리면 열 명이 되었다. 다 못 그리면 수요일 새벽에 일어나 나머지 사람을 그렸다. 그렇게 그림 인간은 차곡차곡 쌓여 200명이 넘었다.

100명이 될 즈음부터는 울지 않고 그릴 수 있게 되었다. 하기 싫다는 생각, 잘 그리고 싶다는 생각도 하지 않고 그냥 그렸다. 무슨 생각을 해, 그냥 앉아서 한 명 두 명 그리면 열 명 되는 거지. 해야 하니까 하는 거다. 그려야 되니까 그리는 거다. 그런데 그렇게 100명을 그리고 나니까 뿌듯하고 대견하고 자랑스럽고 그렇더라. 창작자의 동력은 관객의 반응과 사랑, 예술가 자신의 표현 욕구와 영감, 마감이나 보상 같은 외부 자극 등 여러 가지겠다만 이런 것들이 가만히 기다리면 저절로 생기는 건 아니었다. 손이 풀려야 제대로 뭘 그릴 마음이 나는 것처럼, 글이 잘 안 풀릴 때 좋아하는 작가의 글을 읽거나 필사하거나 일기를 쓰는 것처럼, 뭐든 돌아가고 움직여야 다음이 있다.

다른 작가의 그림을 그대로 따라 그리는 연습이지만 사람을 200명 넘게 그리다 보니 좋아하는 스타일이나 내 그림의 분위기도 조금씩 생겼다. 습관적으로 특정 나이대 사람만 그린다는 걸 알게 되니 어린이와 노인까지 다양하게 그리려고 노력하고, 나중에 내 그림에 활용할 수 있도록 배경 속에 있는 사람, 내가 그리고 싶은 포즈를 하고 있는 사람을 따라 그리면서 연습한다. 사진을 보고 건물이나 사물을 그대로 따라 그리는 〈소탐대전〉의 삽화도 이야기를 포함한 장면이나 구도를 적극적으로 떠올리려고 한다. 이런 훌륭한 생각들은 다 오리 선생님에게서 나온 것이다.

뭘 그려야할지 잘 모르겠어, 아무 생각이 없어, 라고 말하면 오리는 뭘 그리면 좋을지 정해주거나 조언을 해줬다. 그러면서 점점 스스로 그릴 거리를 정하고 찾도록 이끌어주었다. 그림 수업에 대한 기대나 실력을 높이고 싶다는 의지는 크지 않았다. 친구와의 만남이 즐겁고 좋아서, 나를 일으켜주는 그 마음이 고마워서 겨우 겨우 자리에 앉았다. 억지로 일어났지만 하기 싫은 건 또 아니었다. 복잡한 마음은 얼른 따뜻한 물로 씻어내고 배움인지 친교인지 훈련인지 모를 아침 약속에 임했다. 선생님에 대한 예의이자 나를 위한 의식으로. 이 시간이 아니었더라면 세수도 안

하고 하루 종일 누워있을 거니까.

서너 번째 수업이었나 멍한 정신으로 오늘의 실습 과제를 기다리다가 왠지 그러면 안 될 것 같은 기분이 들었다. 오리는 우정과 선의로 내게 그림 수업을 열어주었다. 내가 그린 그림에 피드백을 받는 것으로도 과분한데 그리고 싶은 마음이 들게 하는 노동, 그려야 할 내용을 찾는 노동까지 선생님께 부과하면 안 된다. 그리기 싫은 마음은 꼭꼭 숨기고 뭘 그릴지 정해온 척했다. 찍어온 사진 중에 이거랑 이거를 그리면 어떨까, 조금씩 의견을 내서 그릴 거리를 함께 골랐다. 수업 시간에 브리핑하는 형식으로 사진을 보여주고 이걸 그리겠다고 말하는 단계를 거쳐, 수업 전에 뭘 그릴지 정해서 수업에 임하는 단계로 진화했다. 도저히 뭘 그려야할지 모를 때는 무엇 때문에 정하기 힘든지, 어떤 의도로 그림을 그리고 싶은지 이야기하면 오리 선생님이 방향을 알려주었다. 언제가는 혼자서도 내가 하고 싶은 이야기를 그림에 담고, 그림만으로도 이야기를 할 수 있으면 좋겠다.

오리 선생님과의 그림 수업 이름은 '무시래기 그림회'다. 첫 시간에 말린 무시래기를 그렸고, 그게 충분히 아름다웠기 때문에 우리 모임의 이름이 되었다. 친구 다람쥐가 농사지어 수확해준

무에서 자른 무청 시래기를, 된장국에 넣어먹으려고 한 가닥씩 집게로 집어 베란다 건조대에 며칠 동안 말리고 있었다. 무시래기가 널려있는 장면이, 그 안에 들어 있는 이야기가, 내가 그린 그림이, 시래기라는 단어의 생김새와 말소리가 모두 아름다웠다.

아름다운 건 아름답다고 실컷 느끼고 말하고 그릴 것이다. 그렇게 만들어진 아름다움을 나의 세계로 받아들일 것이다. 나의 세계는 내가 직접 만들고 넓혀야 한다. 다시 내 그림을 좋아하게 될 것 같다.

무시래기 그림회

자동차가 방전될까봐

희망 도서 대출하러 매주 방문합니다

한밭도서관

점심을 먹고 꾸벅꾸벅 졸다가 휴대전화 알람 소리를 듣고 깼다. 한밭도서관에 희망 도서가 도착했다는 문자였다. 주말에 쌍리에서 산 원두로 커피를 내려 한 모금 마시고 텀블러에 담아 도서관으로 왔다. 지난달에 세 번이나 자동차 배터리가 방전되어 신경이 많이 쓰이기 때문에 최소 일주일에 한 번은 자동차를 운행하려고 한다. 새 배터리로 교체했으니 그럴 일은 이제 없겠지만 시동을 걸 때마다 혹시 또… 하는 마음에 긴장이 된다.

나는 한밭도서관이 2024년 희망 도서 신청을 받기 시작한 1월 8일부터 일주일 간격으로 꼬박꼬박 2권씩 신청한다. 신청한 책을 이미 구입 중이거나 다른 사람이 먼저 신청한 경우에 취소 통보를 받는데, 그런 때를 제외하고는 2주 후에 빌려 가라는 연락이 온다. 그게 보통 화요일 오후다. 프로 희망 도서 신청인이 되기 전인 작년에는 화요일 오전에 도서관에 갔다가 집에 돌아온 후에 대출 알림 문자를 받고 아쉬워했지만 이제는 화요일 늦게 도서관에 가거나, 문자를 기다렸다가 대출까지 하고 집에 돌아온다. 지난주에 빌려 가라고 연락 받은 희망 도서와 이번 주에 빌려 가라고 연락받은 희망 도서를 같은 날 한꺼번에 빌리기도 한다. 희망 도서의 대출 기한은 문자를 받은 날로부터 일주일이라

가능하다. 매주 희망 도서를 신청하는 나는 매주 받을 책이 있다.

2024년의 첫 번째 희망 도서는 1월 30일에 빌릴 수 있었고, 그 이후로는 화요일마다 도서관에 간다. 앞서도 여러번 말했듯 올 겨울을 의욕 없이 힘들게 보내는 중이라 1월에는 반납 일에야 겨우 도서관에 갔기 때문에 2주 동안 차를 몰 일이 없었다. 그래서 자동차가 자주 방전이 되었다. 배터리가 오래되기도 했지만 추운 겨울에 2주나 차를 세워뒀으니 그럴 만도 했다. 그 뒤로는 일주일만으로도 방전이 되고, 3일 만에도 방전이 되길래 배터리를 충전해 주러 온 출동 서비스 기사님에게 그 자리에서 바로 현금을 주고 배터리를 구입했다. 바가지를 쓰는 게 아닐까? 이 제품이 제대로 된 제품일까? 잠깐 의심했지만 정비소에 찾아가서, 접수하고, 기다렸다가 교체하는 과정이 번거롭게 느껴져서 그냥 해달라고 했다. 연휴 전날이라 정비소가 복잡할 것 같기도 했고, 30분 이상을 운행하라고 하는데 지금 바로 정비소에 가면 시동을 꺼야 하잖아. 괜찮을까? 그 정도는 정비소에서 알아서 해줄 테니 걱정하지 말자면서도 복잡한 생각이 꼬리를 물었다. 뭐 이런 것까지 걱정하나 싶겠지만 어쩔 수 없이 나는 그런 사람이다. 새 배터리라 방전될 일이 없겠지만 그래도 이제부터는 부지런히 매주 도서관에 가야겠다.

300
300

한밭도서관 주차 타워에 차를 대고, 본관 2층 자료실로 간다. 주차 타워 입구와 본관 입구에서는 경사로를 이용한다. 무릎이 아프기 시작한 이후로는 한 층을 오르내릴 때는 물론 한두 단짜리 계단도 피한다. 엘리베이터를 타고 경사로로 돌아서 간다. 자료실 무인반납대에 책을 반납하고 새로운 책을 빌린다.

미처 다 읽지 못한 책을 반납하고 그대로 다시 빌릴 때도 있다. 반납 기간이 다 되지 않은 책도 일단 반납하고 다시 빌려서 모든 책의 반납 기간을 통일시킨다. 한 권만 반납하러 도서관에 와야 할 일을 미연에 방지하기 위해서다. 다음 대출자가 예약한 경우에는 이런 식의 반복 대출이 불가능한데, 그럴 때는 붙들고 있던 책을 미련 없이 반납할 것인지, 후딱 읽고 반납할 것인지 결정해야 한다. 더 들고 있어봤자 읽지 않을 걸 알고 아쉬운 채로 반납하거나, 정신을 바짝 차리고 그 자리에서 읽고 반납하고 온다.

완주에 살 때는 완주중앙도서관에 다녔다. 거기서 책을 읽고 글을 썼다. 외국인을 위한 한국어교육 자격증을 준비할 때는 집에서는 당최 듣지 않는 인터넷 수업을 도서관에서 듣기도 했다. 완주중앙도서관은 희망 도서를 신청해도 책을 사준다는 건지 안 된다는 건지 도통 알 수가 없었다. 아무런 연락이 오지 않거나, 몇 달이 지난 후에 언제 신청했는지조차 잊어버린 희망 도서가 도착했다는 문자가 왔다. 그것도 안 오는 때가 더 많았다. 전주 완산도서관에 입주 작가로 선정되어 작업실로 출근하면서부터는 완산도서관을 주로 이용했는데 완산도서관은 희망 도서를 잘 사줬다. 제법 빠르게 도서관에서 신간을 받아봤다. 차곡 차곡 희망 도서 신청 경력을 쌓았고, 여기 대전에서는 계획적이고 부지런한 프로 희망 도서 신청자로 활약 중이다.

대전 공공 도서관에는 '미리 봄'이라는 서비스도 있었다. 희망 도서와 비슷한 건데, 2주간의 도서 구입 및 처리 기간을 거치지 않고 말 그대로 지역 서점에서 희망 도서를 받아서 미리 보고 서점으로 반납하면 그 이후에 도서관 수서 작업이 진행된다. 한 달에 세 권까지 가능하다. 신청부터 대출까지 일주일이 채 걸리지 않는다. 당장 보고 싶은 신간은 미리봄 도서로 신청해서 보고 천천히 보고 싶은 책은 희망 도서로 신청한다.

20여 년 전 편집자로 일할 때 회사 선배는 자기가 담당한 책을 도서관에 희망 도서로 신청한다며 나한테도 그렇게 하라고 했다. 어려운 일도 아닌데 그때는 하지 못했다. 이후로도 도서관에 없는 책은 사거나 다른 도서관으로 찾아가면 찾아갔지 희망 도서로 신청하지 않았는데 이제는 도서관별 장서 목록에 관심이 많은 프로 희망 도서 신청인이 되었다. 별것 아닌 것 같지만 희망 도서를 신청하고 받아서 읽고 하는 일이 꽤 번거로워 이런 식으로 정기적인 생활 습관이 되는데 몇 년이 걸린 것 같다.

한밭도서관 3층은 '지혜 마당'이라는 이름의 개방형 열람실이다. 전주의 도서관도 리모델링 후 공부하기 좋은 카페처럼 바뀌었는데 비슷한 느낌이다. 근데 사람이 너무 많아서 오래 앉아있지는 못하겠다. 산소 부족인지 졸리다. 일하기 싫어서 대보는 핑계긴한데 진짜 졸리다. 보통은 2층 자료실에서 책만 빌려서 바로 오는데 오늘은 지혜마당에서 이 글을 써봤다. 집에 있으면 또 졸다가 하루를 그냥 보내버릴 것 같아서. 일단 오늘 할 일은 했으니 이제 퇴근.

뭐하던 곳인지 몰라도,

도심 속 공원은 그냥 다 좋다

동춘당

"동춘당은 동춘당 송준길의 아버지인 송이창이 세웠으며 (…) 현판은 우암 송시열이 직접 써서 걸어둔 것인데 (…) 별당인 동춘당 뒤로는 종택이 자리잡고 (…) 동춘당 공원 내부에 송병하가 건립하고 송요화가 이축한 소대헌·호연재 고택이 위치하고 (…)"

읽을 수는 있지만 한자어와 고유명사가 많아 무슨 말인지 바로 이해하기 어렵다. 동춘당은 사람 이름이냐, 건물 이름이냐,(둘 다다.) 송시열이 송준길의 아들이냐,(아니다. 친척 형제이자 가까운 친구다.) 종택은 뭐고, 고택은 뭐라고?(종택은 종갓집이고 고택은 오래된 집을 뜻하는 말이니까 별당 뒤 건물은 종택이자 고택, 소대헌·호연재 고택은 오래되어서 중요한 집이지만 종가는 아니었으니 그냥 고택.) 그러니까 여기는 송씨 가문 사람들이 모여 살던 곳인데, 종가댁을 중심으로 공원이 된 거란 말이겠지? 그래서 동네 이름도 송촌동이다.

조금만 찾아봐도 대전에서 송시열이 매우 중요한 인물인 걸 잘 알겠다.

우암사적공원에 산책 삼아 간 적이 있다. 훌륭한 분을 기리는 것 좋지, 학식과 덕망이 높은 조선시대의 학자이신 것 같은데 제가 역사를 잘 몰라서…. 내가 은진 송씨였다면 뿌듯한 마음에 벅차올랐을까. 그저 시민의 한 사람으로서도 동춘당이나 우암사적공원처럼 도심 한 복판에 이런 공원이 있는 건 무조건 좋았다.

소대헌·호연재 고택은 여성 시인인 호연재의 위상에 더해 조선 시대 살림집으로서의 문화적 가치를 인정받는 건축물이라 국민신탁으로 보전되고 있단다. 대단한 가문의 딸이 대단한 가문으로 시집을 와 '불행한 결혼 생활'을 하였지만 시를 쓰며 그 시간을 버텨냈다고 한다.

문화해설사 선생님이 동춘당과 종택, 호연재 고택에 관해 설명을 해주실 테지만 기다렸다가 듣고 싶은 생각은 없었다. 친구 다람쥐와 공원을 크게 한 바퀴 돌고 근처 카페에 가서 차를 마셨다. 집 가까이 이런 공원이 있으면 좋겠다는 생각만 했다. 슬금슬금 원고를 쓰려고 검색하다가 동춘당 공원에 매화, 산수유, 목련이 좋다는 이야기를 발견했다. 봄이 오면 한 번 더 나들이를 가고 싶다. (못 갔다.)

동춘당과 전혀 관련 없는 후기

오늘도 한밭도서관에 왔다. 어젯밤 잠들기 전에 다짐하기로는 새벽같이 일어나 샤워하면서 잠을 깨고, 아침을 챙겨 먹은 뒤, 출근길 정체를 피해 8시 전 도서관 도착을 목표로 했다. 6시에 일어나기는 했는데, 우리집 주인님인 가지 밥그릇에 밥을 붓고 화장실에 다녀와서 잠깐 고민했다. 지금부터 하루를 시작할 것인가 말 것인가. 스르륵 이불 속으로 다시 들어가면서 내가 또 그렇지 뭐, 하고 조금 실망했다. 어제 종일 다른 원고에 대해서 생각하느라 시간을 썼고 결국 글은 쓰지 못했다. 오늘은 〈소탐대전〉을 보내야 하는 날이니 일찍 후딱 끝내고, 오후엔 무시래기 그림회에 들고 갈 그림 숙제를 하려고 했다.

몇 달째 무리한 계획을 세우고, 당연하다는 듯 지키지 못 하고, 애써 괜찮다고 하면서도 실은 아쉬운 기분으로 하루를 시작한다.

결국 10시에 몸을 일으켜 가지 물그릇에 새 물을 채우고 화장실을 치우고 아침을 차렸다. 어제 지은 밥을 전자레인지에 데우고 즉석 미역국에 뜨거운 물을 붓고 김치와 김자반을 꺼내 아침을 먹었다. 샤워까지 하고 나서면 너무 늦어질 것 같아서 세수만 하고 남은 음식을 싸서 얼른 출발했다. 집을 나선 시간은 11시였다.

2시가 넘어가도록 동춘당 송준길, 우암 송시열, 은진 송씨, 김호연재에 대해 검색하고 이것저것 읽어보느라 원고를 시작하지도 못했다. 그게 다 원고 쓰기에 포함되는 과정이라고 친구에게 하듯 다정하게 말해보지만, 아니 그럴 거면 좀 일찍 시작하지 그랬냐고 한소리를 하게 된다. 지금부터 두세 시간 안에 무조건 끝내겠다. 어제 쓰지 못한 다른 원고는 내일 오후에 보내겠다고 담당자에게 연락했다. 어제까지 쓰겠다던 건 나의 다짐일뿐 매체가 지정한 마감을 못 맞춘 건 아니니까 너무 자책하거나 조급해하지 말자. 잘하고 있다.

조용하고 한적한 곳에서 독립 영화를

씨네인디유

서대전 네거리에는 지하철 서대전 네거리역이 있고, 서쪽으로 한 블록 더 가면 서대전역 네거리가 나오는데 여기서 말하는 역은 기차역으로서 만약 이 코스로 운행하는 버스가 있다면 '서대전 네거리역-서대전역 네거리-서대전역' 으로 표기된다. 정신을 똑바로 차려야 한다. '혼돈의 서대전'으로 원성이 자자했는데 2017년에 서대전 네거리역 뒤에 3번출구를 추가로 표기해 조금 덜 혼란스럽게 했다는 기사를 발견했다. (여전히 혼란스럽다.)

서대전 네거리에는 서대전공원도 있다. 한밭수목원이나 정부청사 앞 공원들(숲의 공원, 들의 공원, 자연마당)처럼 높은 빌딩과 씽씽 달리는 차 사이에 덩그러니 공원이 있는 게 참 좋다.

가끔 영화를 보러 가는 씨네인디유[cine-indi-U]는 서대전 네거리와 서대전역 네거리 사이에 있다. 씨네인디유~는 타슈~(대전 공공 자전거), 대전이쥬[Daejeon is U]•~(지금은 쓰지 않는 도시 브랜드 슬로건)처럼 충청도 말투를 연상시키는 귀여운 이름이다.

• 민선 8기 이장우 시장이 2023년부터 '일류 경제 도시 대전'으로 교체했다. 지역 화폐인 '온통대전'도 '대전 사랑'으로 명칭과 디자인이 바뀌었다. 대전이쥬[Daejeon is U]는 2004년부터 16년간 사용한 잇츠대전[it's Daejeon]을 민선 7기 허태정 시장이 시민 공모를 통해 2020년부터 바꿔 사용한 것이라고 한다.

인스타그램으로 상영 시간표를 확인하는데 프로필에 '대전 지역 최초이자 유일한 독립 영화관'이라고 쓰여 있다. 대전아트시네마가 2006년부터 운영 중이고 2023년에는 소소아트시네마가 개관해서 버젓이 운영 중인데? 볼 때마다 조금 의아했지만 중요한 문제가 아니니 굳이 찾아볼 생각은 하지 않았다. 그러다가 지난주에 오랜만에 영화를 한 편 보고, 입구 옆 나무 우편함을 그리고 싶어서 이번 〈소탐대전〉 글감을 씨네인디유로 정했다. 객석과 스크린을 그리면 오리 선생님이 매번 지적하는 소실점과 원근법을 연습하기에도 좋았다.

무시래기 그림회 시간에 그림을 먼저 그리고, 이후 발로 뛰는 취재 대신 인터넷 검색을 통해 자료를 조사했다. 지난 뉴스와 블로그 포스트와 영화진흥위원회의 '독립 예술 영화 전용관 운영 지원 사업 현황 및 개선 방안을 위한 연구' 보고서까지 찾아 (대충) 읽어보았다. 아하, 독립 영화관과 예술 영화관이 다르구나. 대전아트시네마와 소소아트시네마는 '아트'가 들어간 것에서 알 수 있듯 예술 영화관이다. 독립 영화와 예술 영화를 모두 상영할 수 있다. 독립 영화관은 독립 영화만 상영할 수 있다. 그래서 대전아트시네마랑 씨네인디유의 프로그램이 조금 달라 보였구나 싶다. 친구에게 추천받아 보고 싶은 영화는 꼭 씨네인디유에서 하더라고. 대전아트시네마에서도 틀긴 하는데 상영 기간이 짧은 편이라 한눈파는 사이에 종영한다. 씨네인디유의 상영시간표는 매우 복잡하지만 다양한 영화를, 꽤 오랫동안 틀어준다. 일주일에 한두 번이라도 상영 일정이 잡혀 있다. 적극적으로 의견을 제시하면, 고려해서 상영 일정을 잡아주기도 하는 것 같다.

> 혹시 다음 달 일정에 주말 ** 상영 계획이 있나요? 친구랑 꼭 가서 보고 싶어요.
> ㄴ 참고해서 편성하겠습니다.

인터넷 게시판에서 이토록 다정한 글을 읽었다. 이런 게 마을 극장이겠지. 조현철 감독의 〈너와나〉, 양영희 감독의 〈수프와 이데올로기〉도 씨네인디유에서 봤다. 〈추락의 해부〉가 재미있다던데 조만간 보러 가야겠다.

2019년 개관 당시 씨네인디유는 '마을 극장 및 독립 영화 생태계 조성 사업'에 선정되어 국내 독립 영화만 상영하는 극장으로 개관한 모양이었다. 아마도 시장님이 포함되어 있을, 나는 알아볼 수 없는 중년 남성 여러 명이 찍힌 사진이 포함된 뉴스에서 2019년 11월 26일 개관식을 했다는 내용을 읽었다. 그런데 다른 글에는 2020년 4월부터 운영을 시작했다고 적혀 있는 걸 보니, 급하게 개관식만 하고 정상 운영은 이듬해부터 한 걸까? 궁금하지만 그냥 넘어가도록 한다. 현재는 외국 영화도 상영하던데, 국내 영화만 고집하기에는 운영의 어려움이 있었던 게 아닐까? 조금 궁금하긴 하지만 물어보고 싶을 만큼은 아니니까 역시 참기로 한다.

2021년 영화진흥위원회 독립 영화관 지원 사업, 2022년 대전정보문화산업진흥원 독립 예술 영화 생태계 조성 사업에 선정되어 지원금을 받았다고 한다. 코로나 시기를 거치면서 메가박스, CGV, 롯데시네마 같은 대기업 영화관도 고전을 면치 못하는데 독립 영화관은 어련할까. 지난주에 갔을 때도 관객은 단둘이었다. 주말에 사람이 좀 많은 시간에도 열 명 남짓, 공공의 지원이 없으면 정말 운영이 쉽지 않겠다. 그런데 말이 공공의 지원이지 매년 직접 이런저런 지원 사업을 찾아 공모에 신청하고, 탈락하기도 하고, 그런 모양새다. 대전정보문화산업진흥원의 2023 독립 예술 영화 생태계 조성 사업에는 소소아트시네마가 선정되었다는데 지역의 독립 예술 영화관끼리 사이는 좋겠지? 대전 아트시네마와 소소아트시네마는 친구 혹은 자식 같은 사이로 보이긴 하더라. 이름도 비슷하고. 소소아트시네마는 공공의 지원을 받지 않고, 시민들의 힘으로 세운 예술 영화관이라고 한다. 개관을 알리는 뉴스 사진도 관공서의 그것과 전혀 다른 느낌이 든다. 구성원의 성비도 그렇고.

길위에
김대중

대전아트시네마와 씨네인디유 둘 다 집에서 가까운 편인데 아무래도 대전아트시네마는 2006년에 개관해서 시설이… 정겹다. 상영 일정에 맞출 수 없어서 못 가기도 했지만 갈 마음이 쉽게 먹어지지 않았다. 가면 마음이 더 추워지거든. 호호호. 조금 멀지만 멀어봤자 금방이니까 소소아트시네마에 한번 가봐야겠다. 자전거 타면 금방인 씨네인디유가 동네 극장이기는 하다. 타슈 타고 가서 끝나고 슬슬 여운을 느끼며 돌아오기도 좋다. 뒤편에 주차장이 있으니 차를 가져가도 된다.

지난주엔 씨네인디유에 가서 본 영화는 〈길위에 김대중〉이다. 추운 겨울을 웅크리고 보내는 동안 아무래도 마음에 힘이 차오르지 않아서 웅장함을 느끼고 싶었달까. 민주주의를 위해 평생을 바친 이의 업적을 보면 존경심이랄까 부러움이랄까 깨달음 같은 게 생기지 않을까 하고. 영화를 보고 난 뒤에도 깊은 우울의 바다에서 어푸어푸 헤엄칠 힘까지는 나지 않았고 그냥 둥둥 떠다니며 풍경을 구경할 정신 정도가 났다. 오히려 집에 돌아와서 〈하필 책이 좋아서〉를 읽었는데, 그걸 읽으니까 가슴이 뛰었다. 재밌어요. 추천합니다. 책을 조금만 좋아하는 사람도 재미있어요. 아차차, 지금은 씨네인디유와 독립 영화에 대해 이야기하는 시간이지. 조용한 극장에서 몰입하며 영화를 보는 경험은 어느 영화를 막론하고 재밌으니까, 자주 갈 거다. 씨네인디유도 대전 아트시네마, 소소아트시네마에도 모두 모두 자주 자주 갑시다!

작품 너머로 이어지는 재미

이응노미술관

서구 만년동 일대, 갑천과 유등천이 만나는 지점에 넓게 둔산대공원이 자리한다. 엑스포 시민 광장의 양쪽으로 동원과 서원으로 나뉘어 한밭수목원이 펼쳐져 있고, 남쪽으로 대전예술의전당, 대전시립미술관, 이응노미술관, 대전시립연정국악원까지, 도심 속 공원이자 문화 예술의 중심지다. 길 건너 정부청사 쪽에도 너른 공원이 조성되어 있어서, 도심 한복판이지만 눈 돌리는 곳마다 녹색이 가득하다. 대전의 센트럴파크라고 하던데, 공원이 무척 넓고 그 거대한 공원을 둘러싸고 높은 빌딩이 빽빽하다. 사람도 많고, 차도 많고, 건물도 많고, 나무도 많은 대도시의 모습이다.

차를 몰고 가면 금방이니 못 갈 거리는 아닌데 자주 오지는 못했다. 대전천과 갑천을 따라 자전거 타고 기분 좋게 올 만한 정도지만 아직 시도는 안 해봤다. 소풍오듯 산책오듯 편하게 와서 시간을 보내도 좋았을 텐데 공연이나 전시를 보러가자고 친구가 불러낼 때만 겨우 몇 번 방문했다. 가까이 살았더라면 오다가다 들렀을까 예술을 가까이하는 사람이었더라면 시즌별로 들렀을까 싶지만, 현실은 아주 가끔 문화인이 된 기분을 느끼고 싶을 때만 온다.

아직 봄이 오기 전, 여전히 쌀쌀한 계절에 이응노미술관에 다녀왔다. 10대로 보이는 소녀 너덧 명이 돗자리를 깔고 바닥에 앉아 라면과 김밥을 먹고 있었다. 소풍 나온 걸까, 바로 옆 광장에서 스케이트를 타다가 잠시 쉬고 있는 걸까? 소풍이든 스케이트든 그 체력이 부럽다. 나는 서 있기에도 추웠다.

〈동쪽에서 부는 바람, 서쪽에서 부는 바람〉 전시가 진행 중이었다. 이응노미술관은 다른 건물에 비해 키가 작고 옆으로 길었다. 입구 쪽에 커다란 나무가 있었는데, 기념 사진 촬영 장소인지 줄을 서서 기다리는 사람이 많았다. 느릿느릿 걸어가 입장권을 뽑았다. 입장료는 1천 원(대전시민 500원). 건물의 생김새며, 나무 사이를 통과해 입장하는 기분, 지하로 이어지는 커다란 창과 창밖의 대나무, 건물 내부에서 보이는 정원 등 작품만큼 미술관을 이리저리 여행하듯 둘러보는 재미가 좋았다. 규모가 크지 않은 편이라는데, 많은 작품을 보다 보다 지치는 것보다 만만하게 느껴져서 편했다. 도슨트의 설명을 기다렸다 듣는 대신, 조금 오래 머물면서 그림이 내게 말을 걸어오는지 기다려보았다.

(…)

아무 말도 들리지 않았다.

잘 모르겠다. 다만 조금 더 들여다보고 싶은 그림, 내 눈에 특히 귀여워 보이는 그림은 있었다. 1976년 작 〈거북〉은 처음에 보고 배를 내놓고 누운 곰인줄 알았다. 제목을 보고 나서야 거북이로구나 생각했지만, 여전히 귀여운 곰돌이로 보여서 따라 그려보았다.

이응노는 충남 홍성 출생으로 공주와 대전에서 활동했고, 전주에서 개척사라는 간판집을 운영했다고 한다. 홍성에는 생가 기념관인 '이응노의 집'이 있는데 이응노미술관이 왜 대전에 있는지 궁금했다. 찾아보니 대전교도소에서 수감 생활을 했다고 한다. 이러다 전주에서도 개척사를 복원하는 건 아닌가 싶다. 예전 신문 기사에 개척사가 있던 정확한 주소가 나와 있길래, 전주에 사는 매미에게 알려주었더니 전라감영 근처의 골목길로 찾아가 사진을 찍어 보내주었다. 극장 그림이나 간판 제작을 생업으로 삼으면서 작품 활동을 이어가던 이응노 선생이라니… 하기 싫은 일이지만 돈을 벌기 위해서 억지로 했을까, 그래도 그림을 그리는 일이니 기쁜 마음으로 했을까. 집안의 반대로 그림을 뒤늦게 시작했다고 했으니 좋아하는 일로 돈을 벌 수 있어서 기뻤을 것 같다. 글을 써서 돈을 벌게 되었을 때, 좋아하는 일이 직업이 되어 기뻤던 나처럼.

작품을 감상하는 것을 포함해, 주차장에서 만난 학생들의 모습, 가는 길에 스치듯 본 한밭수목원, 전주시 완산구 중앙동의 옛 가게 터까지 이응노미술관 나들이 덕분에 좋은 구경 실컷 했다.

시원하고 칼칼하고 신선하고 푸짐한 콩나물탕

나릇터식당

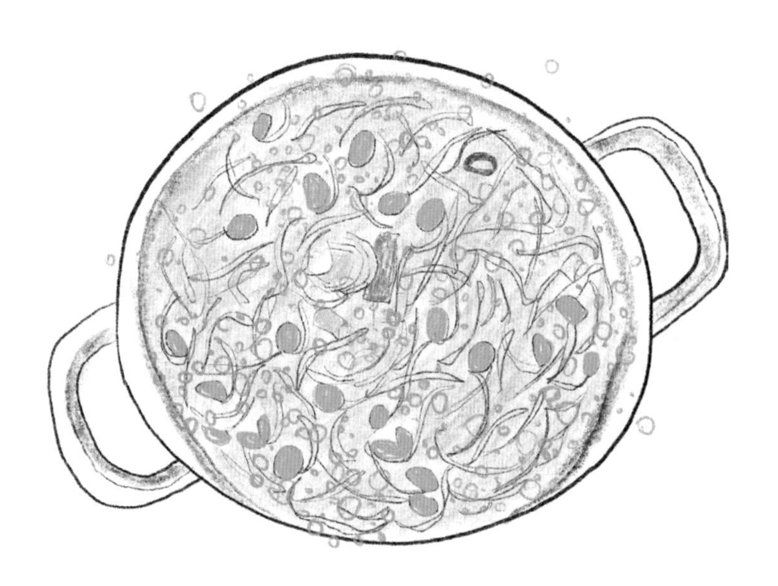

미가옥 이야기를 자세히 하지 않을 수 없다. 미가옥은 전주와 인근 지역에 있는 콩나물국밥집 중 하나인데, 미가옥 특정 지점 한 곳을 정말이지 사랑했다. (지점명이 드러나지 않도록 '사랑'점이라 칭하겠다.) 콩나물국밥을 사랑하는지, 미가옥을 사랑하는지 궁금해서 전주와 익산, 군산의 다른 콩나물국밥집, 다른 미가옥 지점을 두루 다녀보았지만 미가옥 사랑점만 한 가게가 없었다.

나의 미가옥 사랑은 〈오늘 또 미가옥〉이라는 책을 쓰기까지 이르렀다. 2022년 6월 대전으로 이사 온 뒤로도 10월까지 매주 전주에 강의하러 다녔는데 새벽에 출발해 꼭 미가옥에 들러 아침을 먹고 갈 정도였다. 책의 초판 발행일이던 2022년 10월 20일, 미가옥에 마지막 인사를 하러 가서 전에 쓴 책 두 권과 〈오늘 또 미가옥〉을 전해드렸다. 이상한 사람 아니고 진짜 책도 낸, 멀쩡한 작가임을 강조하는 의미에서.

대전으로 이사 왔으니 완주 살 때처럼 매주 서너 번씩 밥을 먹으러 갈 수 없다. 전주로 일을 다니면서 일주일에 한 번이라도 가던 날도 다 지나갔다. 내 마음과 사랑을 담은 책을 전했으니 앞으로는 민망해서라도 가기 힘들 것이다. 이제 나는 어디서 미가옥에 대한 그리움을 달래야 하나 슬펐지만 이 또한 인생이겠거니 싶어서 대전에서 미가옥의 뒤를 이을 콩나물국밥집을 찾아다녔다.

대흥동 연수네, 선화동 황토콩나라, 시루향기 대전유천점, 현대옥 대전둔산법원점, 24시전주명가콩나물국밥 대전점 등을 두루 다녀보았지만 미가옥을 향한 그리움을 달랠 수는 없었다. 전주에서도 현대옥 남부시장점 정도 되어야 그나마 미가옥에 대한 사랑을 잠재울 수 있는데, 대전에서 미가옥에 견줄만한 콩나물국밥집을 찾기란 쉽지 않을 것 같았다. 마음을 줄 콩나물국밥집은 못 찾았어도 다행히 스마일칼국수, 반찬식당, 동네방네, 한민순대, 태평소국밥, 복수분식 등 좋아하는 식당이 조금씩 생겨났다.

그러던 어느 날! 요리인이자 가죽 장인이자 뮤지션인, 친구 고슴도치의 친구 양파와 우연히 한자리에 앉을 기회가 있었고 콩나물국밥집 잘하는 데 있냐 물었더니, '콩나물탕'이라는 듣도 보도 못한 음식을 소개해주었다. 바로 며칠 뒤 점심시간이 훌쩍 지난 오후 2~3시쯤 혼자 쭈뼛쭈뼛 식당에 걸어 들어가 1인분도 되나요? 묻고 상을 받았다.

감격!

정말이지 미가옥의 옆자리쯤은 내줄만한 맛이었다.

바지락과 황태로 시원하게 국물을 내고 빨간 고추가 칼칼한 맛을 더했다. 그리고 콩나물… 그립고 그립던 신선하고 통통해서 아삭한 바로 그 콩나물! 미가옥만한 콩나물국밥이 대전에 존재할 수 없다면 미가옥과 어깨를 나란히 할 다른 콩나물 요리를 찾으면 되는 거였다.

냄비에 푸짐하게 올라간 콩나물 건져서 씹어 먹고, 그때그때 다르게 나오지만 기본 이상은 하는 제철 나물 반찬과 흰쌀밥 야금야금 먹고, 국물에 밥 말아 먹고, 남은 국물은 챙겨간 그릇에 담아온다. 남기고 오긴 아까운데 그냥 마시기엔 짜고 조금 남은 걸 포장해달라고 말하기도 민망하니 알아서 국물 포장 전용 텀블러를 챙겨 간다.

기본 반찬으로 두부 한 조각이 나오는데 일행이 있으면 모두부를 시킬 절호의 기회다. 국내산 콩으로 가게에서 직접 만든 두부라고 한다. 맛있고 맛있고 또 맛있다. 나룻터식당, 사랑해요. 다른 콩나물 요리로 중앙시장에서 콩나물밥이라는 것도 먹었는데 맛있었다. 삼성동 왕관식당이 유명하다고 믿을 만한 맛집 전도사 양파가 알려줬으니 다음엔 거기도 가봐야겠다. (맛있었지만 나룻터식당과 미가옥에는 미치지 못하는 매력이었다.)

나룻터 식당
253-5386
식당
나룻터식당
나룻터식당

가게 입구에 두부 만들고 생기는 콩비지를 가져가라고 내놨길래 두어 번 가져와서 비지찌개랑 비지전을 해 먹었다. 한 끼 사 먹고 다음 끼니는 남아서 싸 온 국물에 두부랑 콩나물 추가로 넣고 끓여서 한 번 더 먹고, 집어 온 콩비지 한 덩어리로 반은 비지찌개, 반은 비지전 해 먹으면 몇 끼니 더 해결할 수 있다. 넉넉한 인심이 고맙다. 두부가 맛있어서 두부전골, 버섯전골도 맛있을 거 같았는데 내 입엔 안 맞았다. 다음엔 비지찌개를 먹어봐야지.

점심시간에는 북적북적 손님이 많다. 다른 테이블에서는 야채불고기도 많이 먹는다. 혼잡한 시간에는 1인 손님을 안 받으려나 걱정되기는 하는데 바쁜 시간에 혼자 가본 적은 없다. 브레이크타임은 따로 없지만 3시부터는 손님이 없으니 불 꺼놓고 쉬시는 것 같았다. 어둑하고 손님 한 명도 없는 가게 문을 열면서 식사할 수 있냐 물어보니 불 켜시더라.

표기법상 나룻터 아니고 나루터인데 나룻터식당이라 조금 아쉽지만, 상호명에 민감한 내가 그 정도는 눈 감을 만큼 감동적인 맛이다. 왠지 〈소탐대전〉에서 찾아가는 식당은 동네 사람만 찾아가는 소문나지 않은 진짜 맛집이어야 할 것도 같은데, 소문이 안 났더라면 내가 어떻게 찾아갔겠냐. 잘 되는 식당이라야 오래

오래 장사 하고 내가 갈 수 있지. 그러니까 나룻터식당 사장님 맛있는 콩나물탕 계속 만들어주세요.

(2023년 10월에 찾아갔을 때 미가옥 사랑점은 사장님이 바뀌어 있었다. 흑흑, 이제 정말 나의 미가옥은 추억 속으로 사라져 영원히 다시 만날 수 없는 맛이 되었다.)

소재 고갈에 임하는 자세

쓰고 싶은 걸 우선 쓰소

느긋하게 재미를 찾기

마감과 약속이 없으면 최소한의 일기와 숙제(의뢰 받은, 일로 쓰는 원고)만 겨우 쓴다. 이런 쓰기만 계속 이어지면, 쓰는 즐거움을 잃어버려서 막상 쓰고 싶어도 쓰지 못하는 상태, 죽어도 쓰기 싫지만 또 진심으로 신나게 쓰기를 그리워하며 어쩔 줄 모르는 상태가 된다. 우울하면 우울하다고 쓰기 싫으면 쓰기 싫다고라도 써야 다시 뭐라도 쓸 힘이 생긴다.

연재를 잠시 쉬다 뉴스레터를 다시 시작해야 할 날이 다가오는데, 이번엔 뭘 쓰고 싶다는 마음이 명확하게 떠오르지 않았다. 이럴 땐 평소에 짧게 떠올랐다가 사라졌던 많은 아이디어 중에서 지금 할 만하고 할 수 있는 걸 빠르게 선택한다. 다행히 우울할 때 빼곤 평소에 하고 싶은 게 많고, 그걸 일기장에 적어두든 친구한테 말해두든 두고두고 생각하든 다양한 방법으로 곁에 둔다. 친구 오리의 도움으로 그림을 그리다가 얼떨결에 혹은 운명처럼 뉴스레터 시즌 4의 내용이 정해졌다.

쓰고 싶고 하고 싶은 것들의 서랍에서 '동네 주민이 직접 소개하는 사소한 대전 여행, 소탐대전'을 꺼냈다. 제목이 좋다. 재미있는 제목을 정하고 나중에 어울리는 아이디어를 채웠던 거 같기도 하고 제목과 아이디어가 동시에 떠올랐나 싶기도 하다. 대전에 살기 시작했으니 여기 이야기를 쓰고 싶었다. 완주로 귀촌해서 쓴 〈완주행보〉나 〈귀촌하는 법〉도 사는 곳에 대한 이야기였다. 장소로부터 시작해도 쓰다 보면 결국 내 이야기가 되겠지만.

작가라면 매일 쓸 것, 가능하다면 매해 책을 낼 것. 출판사에서 낼 수 없다면 혼자서라도 만들어야겠다고 다짐했다. 예전처럼 직장인으로 몇 년, 퇴사하고 작가로 몇 년 이렇게 살 게 아니라면 작업을 일로 해야 한다. 이제는 정말 직업이 작가다. 회사에 다닐 때 프로그램을 운영하듯, 단위 사업을 진행하듯, 행사를 치르듯,

스스로를 고용하고 혼자서 경영하는 1인 기업 혹은 자영업자, 예술가, 작가인 나는 책을 낼 것이다. 전시하고, 공연하고, 책을 내고… 예술가는 작업을 발표해야 비로소 일이 마무리된다. 다시 회사에 다녀야 하나 이 길이 맞나 의심하지 말고 묵묵히 계속 쓰고 책을 만들어야지. 해야 하니까 하는 게 일이다. 그냥 하면 된다. 쓰면 된다. 글을 쓰고 책을 내는 것이 나의 일이다.

〈소탐대전〉은 장소를 소개하는 책이 될 것이니 소재는 무궁무진했다. 이미 내가 알고 있는 좋아하는 곳, 어렴풋이 알아서 궁금한 곳, 대전 친구들이 좋아하는 곳, 전국적으로 유명한 곳 등등. 취재와 조사를 곁들이면 다양한 변주가 가능했다. 기운이 없어서 가깝거나 가본 적 있는 곳에서부터 시작했지만 회차를 거듭하면서 더 멀리 나가고, 다양한 곳에 가려고 노력했다. 처음부터 촘촘하게 계획을 세워서 소개하는 장소를 구별로 배분한다든지, 공간 특징별로 분류해서 분량을 비슷하게 나눴더라면 책의 내용에 더 믿음이 갔으려나. 그런데 너무 어렵게 생각하면 하기도 전에 지칠 거 같아서 우선 할 수 있는 걸로 시작했다.

마음대로 내가 쓰고 싶은 걸 쓴다. 편하게 어디든 다녀온 이야기를 쓰고, 그리고 싶은 걸 그렸다. 이야기가 쌓이니 자연스레 분류가 나뉘었다. 맛있는 식당, 일하러 가는 카페 형 공간, 자연을 만나는 야외, 문화 예술 공간으로 크게 넷이다. 계속해서 쓰다 보면 나중에 소탐대전 도서관 편, 소탐대전 유성구 편, 소탐대전 성곽 편 등으로 구체적인 주제를 잡아 따로 한 권씩 펴낼 수도 있지 않을까? 큰 꿈을 꾸자. (대전시, 동구, 중구, 서구, 유성구 연락주세요. 타 지역 연락도 매우 환영!)

앞으로 많은 곳을 가보고 계속 쓰면 뭐라도 되겠지. 타고 난 길치라 2년 다 되어가는 동네 길도 여전히 헷갈리지만 취재 핑계로 평소의 나라면 안 갈 곳도 가고, 가서는 구석구석 꼼꼼히 살펴보고 느끼려고 한다. 관계자 인터뷰를 할 만큼 적극적인 성격은 못 되지만 글로 쓰고 그림을 그리기 위해 오래오래 생각한다. 가기 전부터 떠올리고, 직접 찾아가서 느끼고, 돌아와서는 그리워한다. 느리더라도 진심으로, 마음이 원하는 곳을 찾아다닐 것이다. 오래 하고 많이 하면 경지에 오르겠지. 조급해하지 말고 즐기면서 떠나자. 나만의 대전 탐방.

대전은 고향도 아니고, 다닐 혹은 다녔던 직장이나 학교도 없다. 친구 몇몇이 살고 있을 뿐 특별한 연고는 없지만 대한민국 중간 지점으로 서울과 가깝고 교통이 편리해서 경상도와 전라도 어디로든 가기 좋다. 이런 이유로 대전으로 이사 왔다. 과거에도 지금도 이 도시에 특별한 매력을 느끼지는 않는다. 어중간함이 대전의 매력이라고 하는 친구도 있었다. 그게 매력인지는 모르겠지만 특징은 맞는 것 같다. 소도시 출신으로서 서울에 살다가, 여유를 찾아 시골로 갔다가, 다시 적당한 수준의 복잡함과 다채로움을 찾아온 나에게는 딱 좋은 규모의 도시다. 아직 대전에 대해 궁금한 게 많다. 일단 칼국수와 빵과 과학의 도시인 건 맞는 듯하다. 앞으로의 작은 탐험이 여전히 기대된다.

아인슈타인 생일 카페를 열어준

국립중앙과학관

3월 14일은 파이데이였다. 동네 편의점에서 특별 매대를 마련한 걸 보고서야 화이트데이가 다가온 걸 알았고 그러려니 했다. 연애를 하기 전에는 연인들의 명절이니 거리가 복잡할 뿐 나랑 상관없는 날이었고, 연애를 하고 나선 굳이 그런 날이 아니고서도 기념하고 축하할 일이 넘쳐서 하찔이처럼 자본주의에 끌려다닐 이유가 없었다. ('하찔'은 품질이 나쁜 것을 이르는 방언이란다. 처음 들었을 때도 '질'이 '하'란 뜻 같긴 했다.)

과학 도시 대전에서는 파이데이를 기념한다. 대전은 곧 성심당이니, 성심당에서도 파이데이를 맞이해 특별 마케팅을 한다. 성심당에서는 π가 그려진 파이, 아인슈타인으로 장식한 파이, 그냥 파이 등을 파이데이 세트로 구성했다. 주변에 연구소가 많은 성심당 DCC점에서는 '연구실에서 즐기는 파이데이, 대덕 과학 연구 단지 단체 주문 환영' 현수막을 걸었다. 역시 대전은 빵과 과학의 도시다. 아니 칼국수집도 많은 걸 보면 밀가루와 과학의 도시인가.

기념으로 성심당 파이나 하나 사 먹어볼까 하다가 국립중앙과학관에서 아인슈타인 생일 카페가 열린다는 소식을 들었다. 대전은 과학은 도시가 맞구먼. 과학관 탐방도 할 겸 아인슈타인 '생카'에 가기로 했다. 이벤트에 참여하면 성심당 파이도 준단다, 얏호!

대전의 상징은 꿈돌이, 꿈돌이는 93년 엑스포의 마스코트. 93년 엑스포의 주제가 무엇이었는지 어떤 의미를 가지는지 과거의 나도 대전 시민이 된 현재의 나도 정확히는 알 수 없지만 과학과 관련이 있는 것이겠거니, 그래서 대전을 과학의 도시라고 하는 것이겠거니 생각한다. 대전에는 기초과학연구원, 기초과학지원연구원, 한국기계연구원, 한국생명공학연구원, 한국에너지기술연구원, 한국과학기술연구원, 한국전자통신연구원, 한국지질자원연구원, 한국천문연구원, 한국표준과학연구원, 한국항공우주연구원, 한국화학연구원 등이 있단다. 한국과학기술원(카이스트)과 각종 민간 기업의 기술연구소도 잔뜩 있다.

과학 도시 대전의 시민으로서 국립중앙과학관은 한번 가봐야지. 과학자 친구 고라니가 다니는 연구소도 근처이니 간 김에 만나서 놀아야겠다. 파이데이의 일정은 개장 시간에 맞춰 과학관 견학 및 아인슈타인 생카 방문, 오씨칼국수에서 고라니와의 점심 식사로 정했다. (헤레디움 갔을 때 이 집과 같은 집인줄 알고 찾아갔던 오씨칼국수는 원동 오씨칼국수고, 우리가 좋아하는 오씨칼국수는 이 집이다. 삼성동과 도룡동에서만 운영한다. 원동 오씨칼국수도 팬층이 두텁지만 우리는 삼성도룡 오씨칼국수파다.)

과학기술정보통신부
국립중앙과학관
운영부스
VR로 만나는 아인슈타인
파이데이
아인슈타인

자전거를 타고 한 시간 정도 달려서 여유롭고 상쾌한 기분으로 9시에 국립중앙과학관에 도착했다. 와, 크다. 뭐가 많고 무척 넓다. 아직 닫힌 정문 앞은 자연스럽게 지나쳤다. 갑천에서 갈라져 나온 탄동천을 따라 자전거를 좀 더 타다가 과학관으로 들어갈 수 있는 쪽문을 발견하고 입장, 휑한 광장을 이리저리 돌아다녔다. 생카 행사 부스인 하얀 몽골 텐트가 서너 개 세워져 있었고 웅성웅성 몇 사람이 모여 있었다. 머쓱해서 자전거를 타고 텐트를 지나가다가 정문 관리인분께 저지당했다. 거기, 자전거 나오세요. 자전거 타고 다니면 안 됩니다. 아, 죄송합니다. 정문 밖으로 나와서 자전거를 세워두고 매표소로 들어갔다.

과학기술관, 꿈아띠체험관, 창의나래관, 인류관, 자연사관, 미래기술관, 천체관측소, 생물탐구관, 어린이과학관으로 눈앞에 보이는 건물만 해도 10개가 넘었다. 몇몇 전시장은 유료고 나머지는 무료다. 우주과학공원, 어린이과학놀이터, 물과학체험장, 공룡놀이터처럼 야외에 마련된 시설도 있다. 평범한 구성인데 과학에 전혀 관심이 없어선지 어디로 들어가야 할지 결정을 내릴 수 없었다. 관람객 한 명 없이 황량했다. 평일인 데다 개장 시간 전이었으니 당연하다. 이리저리 걸으며 안내 책자만 뒤적거렸다. 성인을 위한 1시간 이내의 관람 코스로는 과학기술관과 미래기술관이 추천되어 있었다. 과학기술관을 가장 먼저 봐야 할 것 같았는데 공사 중이었다. (집에 돌아와 안내 책자를 다시 읽어보니 2층만 2024년 6월까지 공사로 휴관이라 1층은 들어갈 수 있었을 텐데 입구가 부산스러워서 들어가면 안 될 것처럼 보였다. 엄두를 못 냈다. 오히려 가기 싫었는데 잘됐다며 다행이라고 생각하고 바로 발길을 돌렸는지도 모르겠다.) 아인슈타인 생카는 10시부터 시작이라고 하니 미래기술관 한번 둘러보고 나오기로 했다.

미래기술관에는 산업혁명 연대기가 전시되어 있었다. 증기 기관의 발명과 기계 문명의 1차 산업혁명, 전기의 발명과 대량 생산의 시대를 연 2차 산업혁명, 정보통신 기술의 발달로 정보화 혁명이라 불리는 3차 산업혁명, 초연결과 초지능을 특징으로 하는 대융합의 4차 산업혁명까지. 솔직히… 재미없었다. 미래의 과학 기술로 구성된 생활 모습을 전시한 스마트 하우스, 스마트 스트리트, 인텔리전트 빌딩, 바이오 메디컬 센터, 스마트 팩토리 등은 눈 아프게 불빛만 강렬할 뿐 내 관심을 끌진 못했다.

차라리 증기기관차를 재현한 설치물이 아름다워 보였는데 이래도 되나 싶었다. 나 너무 세상의 변화에 따라가지 못하는 건 아닐까, 기술이나 문명의 발전에 너무 관심이 없는 건 아닐까, AI니 챗GPT니 한번도 안 써봤는데 현대 문명을 부정하고 있는 건 아닐까 조금 걱정된다. 의학이나 과학을 불신할 정도는 아니니 괜찮겠지.

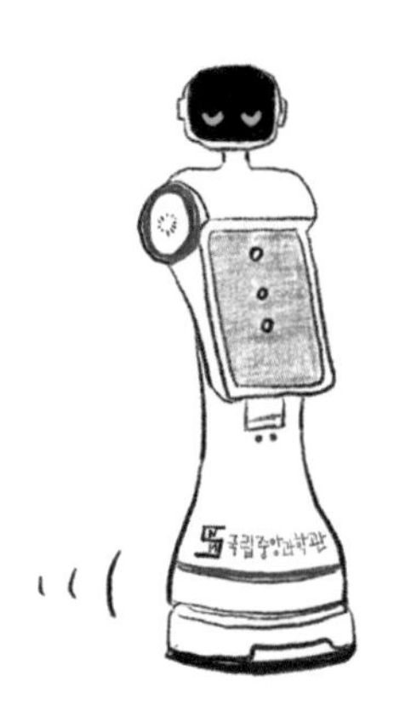

작년 12월에 뉴턴 생카를 열었던 물리학도분은 어렸을 때 만화로 된 〈프린키피아〉를 보고 뉴턴에 푹 빠졌다 하는데 나와는 취향이나 관심사가 다른 거겠지. 나는 읽기와 쓰기와 말하기를 좋아하는 어린이였고, 과학관에선 영 재미를 못 느끼지만 아인슈타인 생카에는 가보고 싶은 어른이 되었다. 그렇게 한 시간 정도 삭막한 미래 기술 전시를 둘러보며 자기 반성과 각성을 짧게 한 뒤, 아인슈타인 생카가 열리는 광장으로 나왔더니 아까와는 달리 북적북적하다.

원주율만큼 중량이나 시간 맞추기, 성심당 아인슈타인 파이에 꽂을 픽을 꾸며 장식 완성하기, 카이스트 학생들과 문제 풀기 대결을 하고 나서 퍼즐 맞추기까지 총 3개의 체험을 해야 생카 굿즈를 얻을 수 있었다. 아, 저는 카이스트 학생들과 대결은 하기 싫은데 굿즈만 받아가면 안 되나요? 안 됩니다. 성인 보호자를 동반한 어린이 체험객, 과학관의 직원으로 보이는 짝을 이룬 성인이 대부분이었고 간혹 나처럼 혼자 퍼즐을 맞추는 성인도 있었다. 커피콩의 무게를 314그램에 맞추는 도전에는 줄이 길었지만, 3분 14초에 맞춰 타이머를 멈추는 도전에는 줄이 짧았다. 짧은 줄에서 후딱 첫 번째 도장을 받고, 장식용 픽에 생일 축하 메시지를 작성하고 아인슈타인 파이와 두 번째 도장을 받았다.

문제 대결과 퍼즐 코너는 줄이 길었는데, 퍼즐 맞추는 데 다들 시간이 오래 걸려서인 것 같았다. 25개의 문제를 풀고 그 답을 힌트로 퍼즐을 맞추는 모양인데, 나를 비롯한 대다수의 참가자들이 그냥 그림을 보고 아인슈타인 퍼즐을 맞추고 있었다. 묵묵히 뻘쭘하게 퍼즐을 맞추고 세 번째 도장을 받았다. 그리고 드디어 생카 필수 굿즈인 컵 홀더와 컵 받침, 아인슈타인 엽서를 받았다. 포스터도 얻어왔다. 그때는 저 굿즈가 있어야 〈소탐대전〉 원고를 쓸 수 있을 것만 같았는데 꼭 그럴 필요는 없었을 것도 같다.

작년에 서울에서 열린 뉴턴 생카는 뉴턴을 좋아해서 혼자서라도 매년 뉴턴의 생일을 명절처럼 챙기던 과학도가 주최한, 어쩌다 보니 커져버린 행사였다고 한다. 뉴턴을 좋아하거나 과학에 관심을 가지는 사람이 늘어나길 바라는 과학인들이 적극적으로 도움을 주고, 아이돌이나 연예인 생일 카페가 아닌 과학자의 생일 카페라는 점이 흥미로워 대성공을 이뤘던 모양이다. 아인슈타인 생일 카페를 진행하는 사람들은 카이스트의 학생인 것 같던데, 이런 기획이 통과되는 걸 보니 국립중앙과학관의 분위기가 괜찮은 모양이다. 오랜만에 나도 멀리 자전거 여행을 떠났고, 수학의 날을 함께 축하하며 아인슈타인 파이를 얻었고, 친구를 만나 맛있는 점심을 먹었다.

꼬깔콘 돌탑이 정다운

상소동 삼림욕장

쓰고 싶은 마음은 바나나 껍질 위를 날고 있는 초파리처럼 어디서 왔는지 모르게 생겨났다. 바나나는 제대로 된 끼니를 챙겨 먹기 귀찮을 때 손으로 껍질만 까서 입에 넣으면 되는 간편한 음식이다. 힘 주어 씹지 않아도 적당히 턱을 움직이면 넘길 수 있고, 쉽게 먹을 수 있으면서도 달고 맛있다. 그런 바나나 껍질이 쌓여 음식물 쓰레기통에서 불쾌한 냄새를 내기 시작하면 반갑지 않은 손님이 찾아온다. (제가 사는 대전시 중구 기준으로 바나나 껍질은 음식물 쓰레기가 맞습니다. 단단한 꼭지 부분은 파쇄 시설의 적정 운영을 위해 일반 쓰레기로 배출하기를 권고한다고 합니다.) 초파리 비유가 적절치 못했나 싶지만 쓰고 싶은 마음은 자연 발생설을 따른다. 초파리와 다른 건 반가운 손님이란 점.

웅크린 마음을 붙들고 겨우겨우 입 속에서 바나나를 으깨는 심정으로 겨울을 났다. 추워서 그랬을까 쌓인 바나나 껍질에서는 초파리도, 쓰고 싶은 마음도 찾아오지 않았다. 바나나라도 먹어서 배를 채워야 하는 인간 이보현은 울고 있는 작가 이보현을 데리고 오지 않는 손님을 찾아 밖으로 나섰다. 우울해도 배는 고픈 사람, 쓰고 싶은 마음이 찾아오지 않는다고 울면서도 어떻게든 써야한다고 믿는 사람, 결국 뭐라도 쓰긴 쓰는 사람.

〈소탐대전〉을 시작할 때는 걱정이 별로 없었다. 대전에 대해 아직 잘 모르니 갈 데가 널렸다, 쓸 게 천지라고 장담했다. 나는 〈귀촌하는 법〉이나 〈이왕이면 집을 사기로 했습니다〉처럼 경험을 재료로 글을 쓰는 사람이었으니, 동네를 어슬렁거리다 보면 쓰고 싶은 마음이 찾아올 것이라 확신했다. 〈오늘 또 미가옥〉을 쓸 때처럼, 이사를 준비하면서 매일 글을 쓸 때처럼, 사랑하고 좋아하는 마음이나 두렵고 불안한 마음이 가득할 때 언제나 손님이 찾아오리라. 늘 웃는 표정은 아니었어도 그는 반드시 찾아왔다. 기운이 없어서 대접을 제대로 못한 날도 있었지만 손님이 반갑지 않은 날은 없었다. 우울한 손님이 찾아오면 우울에 대해 썼다. 힘이 부족해 한 편의 글이 되지 못할 때는 일기라도 썼다.

대전에 산 지 벌써 2년이 되어 가니 그동안 발견한 장소가 그래도 어느 정도 되겠지. 이제는 갈 수 없는 미가옥 콩나물국밥에 대한 사랑을 쏟아부을 대상을 찾기 위해 동네의 식당을 기웃거렸고, 일 하기 좋은 곳을 찾아 도서관과 카페를 찾아다녔다. 그런 곳이 한둘이겠어?

그렇다. 한둘이었다. 많아야 서넛. 미가옥처럼 한눈에 사랑에 빠지는 식당은 단숨에 찾아지지 않았다. 하긴 완주에 산지 8년이 되던 해, 이제 곧 떠나기로 할 때쯤 미가옥을 만났지. 대전에서 마음 둘 곳이 기다렸다는 듯이 나타날 리가 없는데 너무 섣불리 기대를 했구나. 그래도 하기로 했으니 어떻게든, 뭐든 써야지.

모래사장에 떨어진 귀걸이를 찾는 심정으로 가만히 내 마음을 들여다보며 조금이나마 사랑이 머물렀던 곳, 사랑스러운 점을 찾았다. 화산처럼 폭발하고 타오르는 사랑이 아니었기에 미세한 불꽃의 기운을 알아차려야 했다. 운명처럼 내 앞에 나타나기를 기다리지 않고 적극적으로 사랑을 찾아나섰다. 미가옥의 감동을 대전에서 똑같이 느낄 수 없음을 깨닫고 콩나물국밥을 넘어 콩나물밥, 콩나물탕까지 더 넓은 콩나물의 세계로 들어섰다. 내 사랑을 찾아서.

반찬식당과 반찬호떡에 대한 사랑이 만인산 봉이호떡에 대한 궁금증을 불러 일으켰다. 지난 가을 장태산에 단풍 구경 갔을 때도 그렇게 줄을 서서 호떡을 먹더니만 대전 사람들은 호떡을 좋아하나? 중앙시장 호떡 가게에도 주말엔 줄이 길었다. 호떡에 대한 호기심을 품고, 아직 쌀쌀한 겨울 뒤끝에 만인산으로 갔다. 평일 오전이라 호떡 가게는 한가했다. 반찬호떡이 기름에 튀긴듯 바삭하고 고소한 맛이라면, 봉이호떡은 적은 기름으로 구워내 담백했다. 호떡 속도 푸짐하지 않던데… 굳이 여기까지 호떡을 먹으러 올 필요는 없을 것 같고, 만인산에 왔다가 출출할 때 먹기에 무난한 정도였다. 오늘의 목적은 호떡 80%, 산책 20% 였는데, 바람이 너무 불고 추워서 산 쪽으로는 30미터도 가지 않았다. 호떡 가게 앞 호수를 둘러싼 나무 데크길을 조금 구경하다가 돌아왔다. 그날의 동행은 친구 다람쥐였고, 다람쥐는 만인산보다 상소동 산림욕장을 추천한다고 했다. 오, 대전의 앙코르와트! 인스타그램에 대전 여행을 검색하면 젊은이들이 이색적인 돌탑 앞에서 한껏 멋진 포즈를 잡고 찍은 사진이 우르르 나온다. 핫플! 젊은이 여행지! MZ 스팟! 우리도 가보자!

상소동 산림욕장 초입엔 오토캠핑장이 마련되어 있다. 길을 따라 물을 건너면 본격적으로 숲이 시작되는데, 줄타기를 할 수 있는 어린이 놀이터, 숲 체험 공간, 넉넉하게 마련된 정자와 벤치가 있다. 옆에는 물도 흐른다. 만인산과 식장산의 중간 지점에 마련된 휴양시설이란다. 등산이나 가벼운 산책을 하기에 좋아 보인다. 중간중간 돌탑이 보이는데 아직 그 유명한 돌탑은 아니다. 조금 더 깊이 들어가면 그냥 차곡차곡 쌓기도 어려운 돌탑을 둥글게 또 뾰족하게, 문을 내서 웅장하게, 특별한 모양새로 높게 쌓은 돌탑 17기가 모여 있다. 슬쩍 보면 멋있고 자세히 보면 볼 수록 놀랍다. 어떻게 이렇게 쌓았지? 이런 무늬를 냈지? 멋있고 아름답고 신비롭다.

이덕상 님이 직접 쌓으셨다는데, 비석에 따르면 그는 1960년대 7년간 500평의 성을 쌓아 홍수 때 마을의 산사태를 막은 과거가 있으시고, 2003년부터 2007년까지 이 돌탑을 쌓으셨으며 요즘은 국악 공연을 하신다고 한다.

돌탑 공원 외에도 400여 기의 돌탑이 있다더니 여기저기 많기도 하다. 돌아오는 길에 발견한 귀여운 5개의 돌탑이 꼬깔콘처럼 보여 기억에 오래 남았다. 그래서 집에 와서 꼬깔콘을 나란히 줄 세워 사진을 찍어보았다. 바닥이 평평한 꼬깔콘이 몇 개 안 되어서 세우기가 쉽지는 않았다. 꼬깔콘 세우기도 이렇게 어려운데, 돌탑이라니. 이덕상 님, 정말 대단하세요.

춥고 기력이 없어서 오래 숲을 둘러보진 못했지만, 언젠가 다시 찾아와 종일 걷고 누워서 바람을 맞으며 시간을 보내고 싶은 곳이었다. 겨울에는 물을 얼려 얼음 기둥, 얼음벽, 얼음탑을 세우고 얼음 공원을 조성한다고 한다. 돌탑도 그렇고, 얼음탑도 그렇고, 확실히 매력적인 볼거리라 시민들의 사랑을 듬뿍 받는 모양이다. 숲만으로도 충분히 좋던데, 여기 영리하게 사람을 불러 모을 줄도 아는 곳이로구나.

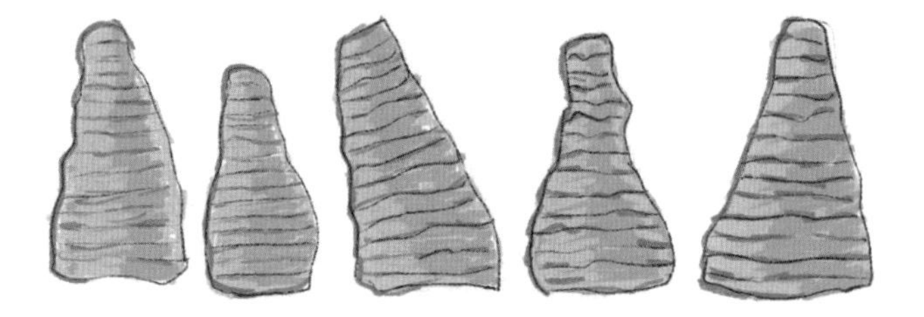

나의 두번째 작업실이자 회의실

커먼즈필드 안녕라운지

커먼즈필드는 옛 충남도청 건물 중 일부에 조성된 대전시의 공공 시설이다. 4개의 건물에 모두의 서재, 모두의 작업실, 모두의 공터, 모두의 모임방 등 다양한 공간이 있는데, 자주 이용하는 곳은 본관 1층에 있는 안녕 라운지다. 예약이나 사전 신청 없이 그냥 와도 되고, 평일에는 저녁 9시까지 열려 있다. 주차장도 넓다. 작년엔 주말에도 9시까지 운영했는데 2024년부터는 일요일에 문을 닫는다.

첫번째 작업실인 테미살롱은 5시까지라서 야근이 예상될 때 커먼즈필드로 온다. 한가운데 6인석 테이블이 2개 연결되어 넓은 자리가 하나, 건물 벽쪽으로 4인석 테이블이 나란히 3개, 반대쪽 벽으로 2인용 테이블이 띄엄띄엄 세 개 놓여 있다. 책상은 높고 의자는 낮아서 오래 일하기는 불편하지만 가정집을 개조한 테미살롱보다 층고가 높아 사무실 느낌이 난다. 직장인의 마음으로 집중하고 싶을 때도 여기로 온다. 관리자는 상주하지 않으니 자유롭게 이용하면 된다. 갈 때마다 잔잔한 연주 음악이 흐르고 있었다.

전자레인지와 정수기가 있으니, 도시락을 싸와서 먹고 종일 일해도 되지만 그러지는 않을 것이다. 좋지 않은 기억을 가진 장소와 이름이 너무 비슷해서 처음엔 오기 싫었는데, 이렇게 좋은 공간을 굳이 또 이용하지 않을 이유가 없었다. 소통협력공간이라는 이름에 걸맞게, 작년에는 함께 예술로 프로젝트를 하는 분들과의 모임을 주로 여기서 했다. 좋은 사람들과 좋은 추억을 쌓으니 안 좋은 기억들도 조금씩 희미해져 갔다. 이제는 혼자서 씩씩하게 와서 일 하고, 도시락도 먹고, 글도 쓰고, 그림도 그린다. 새 것 같은 가구들, 깔끔하게 정돈된 실내, 은은한 향기와 단정한 분위기, 좋다. 그렇지만… 그렇지만… 다정한 기운이 없어서일까. 실패 없는 적당한 맛을 내는 프랜차이즈 식당의 안정감을 넘어서는 매력을 느끼지는 못했다.

문 닫는 시간을 10분 남기고 주섬주섬 짐을 챙겨 퇴근하는 길, 정문 벽에 붙은 현수막을 보고 한참 멈춰섰다.

백로가 잠시 머물다가는 공간입니다. 통행 시 주의하시기 바랍니다.

현수막 위로는 백로의 배설물로 추정되는 흔적이 가득했다. 앗, 이 나무에 백로가 사는구나! 고개를 들어보니 나무보다 현수막이 먼저 눈에 들어온다. '통행 시 백로 배설물 주의'.

밋밋했던 커먼즈필드가 백로가 사는 영험한 곳으로 변했다.

도심의 백로는 환영받지 못한다고 한다. 시끄러운 울음 소리와 지독한 냄새 때문에, 처음에 신기하고 반가워하다가도 혐오동물이 되기 십상이란다. 참다못한 인간이 백로가 사는 나무를 베어버려 갈 곳 잃은 백로들이 이리 저리 쫓겨다닌다는 기사를 보기도 했다. 카이스트 내 어은 동산에 살던 백로는 2012년 서식지를 잃고, 인근 궁동 근린공원 야산으로 옮겼다가, 주민 민원으로 또 나무가 잘려 2013년에 탄방동 남선공원으로, 내동중학교

백로 배설물 주의

부근 야산으로 거주지를 옮겼다. 카이스트, 대전시, 대전환경운동연합 등이 백로의 이동 경로와 생애를 연구하면서 백로와의 공존을 모색하며 2016년에는 주거지와 멀리 떨어진 갑천 공원으로 백로를 유인하려 노력도 해보았지만 실패였다고 한다. 이후 카이스트 구수고개에서 비교적 평온한 삶을 살고 있지만 여전히 골칫거리인 모양이다.

나는 백로가 사는 나무 옆에 사는 당사자가 아니니 백로가 밤에 내는 소리나 배설물의 악취 정도는 인간이 참아야 한다고 쉽게 말하지는 못하겠다. 그렇지만… 그렇지만… 도시는, 지구는 인간만 사는 곳이 아니니까 비인간 존재와 공존하는 법을 연습해야 한다는 카이스트 인류세 연구소 연구원님의 말씀에는 백 번 천 번 동의한다. 대전 갑천을 출발한 백로는 806킬로미터를 날아 다음날 중국 상하이에 도착한다고 한다. 휴식과 비행을 반복하며 한 달 후 베트남으로 날아가 겨울을 보낸 뒤, 이듬해 봄 다시 돌아온단다. 수천 킬로미터를 오가며 지구 곳곳을 삶터로 삼은 강인한 생명이다. 긴 비행을 마치고 찾아온 집에서 편히 여름을 날 수 있기를.

다음번엔 커먼즈필드에서 백로를 마주치면 좋겠다.

대학 안에 동네 공원이

오정동 선교사촌

대학 캠퍼스는 공원이 아쉬운 도시에서 중요한 역할을 한다. 카이스트, 목원대, 보건대, 충남대는 벚꽃 명소라고 한다. 충남대에는 2킬로미터 정도 숲길이 조성되어 있어서 가볍게 걷기에 좋다. 한남대 역시 나무와 잔디밭 덕분에 사계절 내내 아름답다. 특히 선교사촌은 대전시 문화재로 지정되어 있을 정도다. 1950년대에 지어진 선교사 주택 인돈하우스, 서의필하우스, 크림하우스가 그것인데 기와를 얹은 서양 주택이다. 내부에 들어가볼 순 없지만 ㄷ자 모양의 건물 곳곳에 달린 창에 붙어 안을 들여다보면 입식 생활을 위한 거실과 주방을 확인할 수 있다.

한남대는 해방 이후 미국 남장로교에서 세운 대학이다. 학교 곳곳에 서양인 이름을 딴 건물들이 많은데, '인돈, 서의필, 김기수'는 '린턴, 서머빌, 키스'를 한자로 음차한 것이다. 프랑스를 불란서, 이탈리아를 이태리로 부르는 것과 같은 이치다. 알고 나니 별것 아닌 이름이 귀엽게 느껴진다.

동네에 좋아하는 가게도 없고, 성심당과 두부 두루치기밖에 모를 때 다른 지역에서 친구가 놀러 오면 난감했다. 광천식당과 진로집 두부 두루치기가 유명하다지만 그렇게 초급 여행자처럼 관광객들만 가는 식당에는 가기 싫어서 대전 친구들의 추천을 받아 청양칼국수에 갔다. 그래도 성심당에는 들렀다. 지금처럼 평일에도 100여 명씩 입장 대기줄을 서기 전이다. 그리고 어딘가 대전의 관광지를 데려가야 할 때 오정동 선교사촌에 갔다. 대학 캠퍼스는 산책하기에도 좋고, 선교사촌은 나름 자연 경관과 문화재가 어우러진 곳이니까.

첫 방문은 하늘이 맑고 나뭇잎이 풍성한 2022년 가을이었다. 제주에서 온 친구 귀뚜라미와 함께 갔다. 내비게이션이 알려주는 대로 찾아갔지만 어딘지 알 수 없는 곳으로 우릴 데려다줬다. 학교를 통해 안으로 들어갔으면 편했을 텐데 학교 밖 길가에 차를 세우고 쪽문을 통해 들어가서 한참 길을 헤맸다. 휴일이라 학생은 거의 없었고 겨우 만난 사람에게 선교사촌이 어디냐 물었더니 전혀 모르는 눈치. 맞지, 학교에 문화재가 있다고 해서 모든 학생들이 다 잘 알고 애정과 자부심을 가질 리는 없으니까. 지금와 생각해보면 학생이 아니었을 수도 있겠다. 아무리 영화 촬영지라고 학교에서 홍보를 해도 정작 학생은 모를 수 있다. 학교가 넓다지만 이렇게까지 어렵게 찾을 위치는 아닌데 이상했다. 오르막길로 갔다가 내려왔다가, 학교와 동네에 걸친 작은 동산을 산책하는 마을 주민을 만났다가, 각종 단과대 건물 사이를 걸어

다니다가 겨우 겨우 선교사촌에 닿았다. 두루두루 캠퍼스를 둘러보라는 뜻이었을까 기분 좋게 길을 헤맸다. 고생 끝에 찾아낸 만큼 아름다움에 크게 감동했다. 서양식 주택도, 기와지붕도 익숙한데 각기 다른 두 개가 연결되어 있으니 새로웠다.

대전 시민으로 여러 계절을 살고 두 번째 봄을 맞이했다. 2024년 3월 어느 일요일에 매미와 함께 취재 겸 사진을 찍으러 들렀을 때, 선교사촌에서 봄맞이하는 무리를 만났다. 너른 빈터에서는 꼬마와 아빠가 야구 놀이를 하고 있었다. 우리도 잔디밭 한쪽에 자리를 깔고 과자와 음료수를 먹고 한참 누워있다가 왔다. 아무도 자리를 깔 것처럼 보이지 않는 공간이었지만 그게 무슨 대수냐, 피크닉은 기세다.

한남대는 친근하다. 한국어로 박사 논문을 쓰는 외국인 학생분에게 한국어를 가르치러 한남대에 가끔 간다. 대전에 사는 외국인들의 페이스북 그룹에 '한국어 과외' 광고를 올렸고 운 좋게 이 분과 연결이 되었다. 쪽지만 주고받고 실제 약속으로 이어지지 않은 학생, 온라인으로 수업을 한 번 했지만 매번 한국어 문장과 영어 문장을 녹음해 달라고 해서 내가 그만하자고 한 학생도 있었는데 이 분과는 2년 가까이 가끔 만난다. 친구를 많이 소개해 주지 않을까 기대했는데 그런 일은 일어나지 않았다. 오래 거래하는 고객님이니 그걸 다행이라 여겨야겠다.

수업에 갈 때마다 4시간짜리 주차권을 받는데 입학설명회 같은 걸 하는 날에는 정산을 하지 않아 무료 주차권이 몇 장 남았다. 다음 주에 한남대 앞 소소아트시네마에 갈 때 써야겠다. 선교사촌을 찾아 헤매던 2022년 겨울에는 한남대에 이렇게 자주 오게 될 줄 몰랐지. 장소와의 인연도 알 수 없는 일, 〈소탐대전〉을 계기로 돌아다니다가 좋아하는 장소를 더 많이 찾게 되면 좋겠다.

내 친구가 만든 영화관

소소아트시네마

한남대 정문에서 가장 가까운 건물(56주년 기념관) 앞에 차를 대고, 길을 건너 소소아트시네마로 갔다. 나에게는 한남대학교 주차권이 있었기 때문이다. 주차권이 없을 땐 극장 옆 건물인 한남대 평생교육원에 주차하고 4시간 주차권을 천 원에 사면 된다.

할리스 커피가 있는 이 건물엔 두 번 와봤다. 한 번은 할리스에 수업하러, 한 번은 밥 먹으러. 한남대에 과외 학생 수업하러 오는 날에 점심시간이 겹치면 학생이 샌드위치를 사 두거나 배달 음식을 시킨다. 가끔 학생 식당에서 같이 먹기도 한다. 정문 앞 킴스 돈까스에도 한 번 갔는데, 소소아트시네마가 그 건물에 있었다.

킴스 돈까스를 지나 3층까지 걸어 올라갔다. 개관한 지 1년도 안 된 극장이라 새 집 느낌이 물씬 난다. 화면과 음향처럼 상영 관련한 시설이 얼마나 좋은지까지 알아챌 순 없어도 객석 의자, 매표 카운터, 대기 공간 테이블, 출입문이 다 깨끗하다. 계단을 올라갈 때는 오래 되어 허름한 학교 같다고 생각했는데 계단 끝 주황색 문을 발견하니 설렜다. 다른 세계로 들어가는 기분이었다.

한남대 정문과 캠퍼스가 한눈에 들어오는 테라스도 멋있었다. 야외 상영을 위한 곳 같았다. 커다란 화분이 나란히 놓여 있는 홀을 지나 티켓 부스 쪽으로 들어서면 단순하고 깔끔한 대기 공간이 나온다. 제법 까페 같다. 짧은 계단을 올라 상영관으로 입장한다. 상영관에 들어서려면 계단을 올라야 한다고? 조금 당황스러웠지만 작은 공간에 최적의 관람석을 만들기 위한 설계겠거니 생각했다. 장애인석이 따로 마련된 걸 보니 필요하다면 계단을 오를 필요가 없는 반대쪽 출입구도 열릴 것 같다. 건물에 엘리베이터가 없어서 당장은 휠체어 이용자가 찾아오기 힘들겠지만.

영화 시작 전에 비상구 안내 영상 성우가 한남대 출신이었다. 매미는 소소아트시네마와 한남대의 관계를 궁금해했다. 이 극장은 공적 지원 없이 시민들의 힘으로 만들어진 걸로 알고 있는데? 한남대 앞에 있으니 지역성을 살려 한남대 출신을 섭외했거나 도움을 받지 않았을까. 동네에 생기는 극장이라 성우분이 기꺼이 마음을 내었을 수도 있겠지. 대전의 딸 아이브 유진이 팬들에게 선물로 성심당 빵을 주는 것처럼. 고향이니 모교니 우리 동네니 하는 마음은 깊게 생각하면 피곤하긴 해도 어쨌든 반갑다. 한남대 학생은 관람료가 조금 저렴하던데 정말 학교랑 관련이 있는 걸까 궁금하긴 하다. 계룡문고도 같은 건물을 쓰는 회사 직원에게 10% 할인 해주는 것처럼, 단순한 영업 정책인지도 모르겠다.

오래된 학교 건물 같다던 이 건물의 이름은 한남대 캠퍼스 타운이다. 진짜 학교 건물이었다. 극장 준비 과정에 관한 블로그 글과 극장 프로그래머님의 인터뷰 기사를 읽어보니, 학교 재단 소유의 건물이라 쌌다고 한다. 극장을 하기에 맞춤한 층고와 야외 행사를 할 수 있는 테라스까지, 다른 단점도 있겠지만 적당한 타

협과 다짐으로 공간을 선택한 모양이다. 극장이 없는 대덕구에 위치한다는 의미도 있고, 대학가라는 점도 새로 생기는 문화 공간과 어울린다. 젊음! 청춘! 활기! 예술!

〈추락의 해부〉를 보기 위해 씨네인디유와 소소아트시네마의 상영 일정을 확인했다. 이번엔 소소아트시네마에 가볼 수 있겠군. 일요일 저녁이었는데, 독립 영화와 예술 영화를 상영하는 작은 극장이 으레 그렇듯 휴일에도 관객은 얼마 안 되었다. 정말 쾌적하고 좋은데, 재미있는 영화도 많이 상영하는데, 관람을 방해하는 요소들 그러니까 음식 냄새라던가 부스럭대는 다른 관객들도 없는데, 집중해서 영화를 볼 수 있는데…. 이렇게 귀한 극장이 운영에 너무 큰 어려움을 겪지는 않았으면 좋겠다.

객석엔 열 명쯤 앉아 있었나, 영화 시작 전에 자리가 멀리 떨어진 사람들이 서로 알은 체를 하며 영화 내용을 얘기하길래 상영 때 소곤거리시면 어떡하지 조금 걱정했다. 다행히 그런 일은 일어나지 않았고, 영화가 끝나고 크레딧이 올라갈 때까지 모두 조용히 영화의 여운을 즐겼다.

홀에서 테라스로 나가는 쪽 벽에 조합원과 펀딩에 참여한 시민들의 이름이 게시되어 있었는데 친한 친구 이름과 친해지고

싶은 친구 이름을 발견했다. 앞으로 나는 단골 손님으로 힘을 보태야지. 매미는 티켓 부스에서 판매하는 비평서를 한 권 샀다.

밤이 되니 한남대가 보이는 테라스는 더 아름다웠다. 극장 내부에도 창을 남겨두어 상영이 없을 때는 영화관에 볕이 든다고 한다. 서울 대학로에 있었던 하이퍼텍 나다에도 오른쪽에 큰 창이 있었다. 소소아트시네마가 이 공간을 선택할 때 테라스의 존재가 큰 역할을 했을 것 같다. 여름밤에 맥주를 마시며 여기서 시원한 영화를 봐도 좋겠다. 대전아트시네마를 중심으로 매해 가을에 대전철도영화제가 열리는데, 작년에는 이 테라스에서 야외 상영을 했단다. 뜨거운 어묵 국물을 후루룩 마시면서 영화 보는 상상을 했다. 거기 모여 있는 사람들에게서는 사랑이 뿜어져 나올 것만 같다. 영화를 좋아하는 사람들이 조금씩 힘을 합쳐 만든 극장이 주는 기운이 참 좋다.

독자를 향한 고백

계속 쓰는 사람으로 살겠습니다

붙들고 감사하는 마음

할지 말지 고민 끝에 처음 이사 이야기 뉴스레터를 시작했을 땐, 구독자가 50명이나 되었다. 세상에 이렇게 고마울 수가. 이렇게 많은 친구들이, 독자들이 나를 응원하고 있구나. 나의 글을 읽어주는구나. 나의 이사에 힘을 실어주고 있구나. 글을 다 읽어보지 못한다고 미안해하는 친구들도 있었는데, 아니요. 구독 신청을 하고 메일을 받아주는 것만으로도 고마워요. 쓰는 사람으로 사는 나를 기억해 주는 것만으로도 고마워요. 각자 자신의 시간을 잘 살다가 때가 되었을 때 만나 반갑게 인사하기로 해요. 그

특별한 때를 만들기 위해 이렇게 책을 만드는 것이기도 해요. 독자를 생각하면 나도 모르게 이렇게나 다정해지고 공손해진다. 한없이 한없이 고맙고 또 고맙다. 쓰는 사람이 되겠다는 다짐은 나를 위한 결정이고 운명 같은 것인데, 이런 내 곁에 누군가 있어 주기까지 하다니! 심지어 내 책을 사주다니!

다른 사람의 뉴스레터를 구독해 보니 한두 달 재미있게 읽은 내용이라도 계속되면 매번 같은 톤으로 찾아오는 소식이 반갑기보다 지겨운 순간도 있던데, 나의 독자 중에도 그런 사람이 없을 리가 있나. 내 글이 재미없다고 느껴지거나, 읽지 않는 메일을 받는 게 부담스럽거나, 여유가 없는 시기를 보내는 중이거나 여러가지 이유로 계속 구독하지 못할 수 있다. 구독자 수나 구독료에 연연하지 않게 되었다. 그냥 계속 쓴다. 더 좋은 글, 계속 재미있는 글을 쓰고 싶을 뿐이다. 개업한 가게가 처음에 사람이 붐비듯 친구들이 처음엔 의리로 구독 신청을 많이 해준 것 같다. 시즌이 거듭될수록 넓은 범위의 지인까지 포함됐던 친구 독자는 내가 무엇을 쓰든 읽어주는 독자 친구로 추려졌고 20명 정도가 남았다. 또 계속 쓰니 친구가 아닌 독자도 조금씩 생겨난다.

구독료가 없는 대신 마음을 표현하고 싶은 분들을 위해 시즌 2부터는 계좌번호를 적어두었다. 얼마를 보낼지 전혀 가늠을 못

할까봐 그때그때 기준이 되는 금액을 알려주기는 했다. 한의원에 다닐 때는 1회 진료비 6,600원, 미가옥 이야기를 쓸 때는 콩나물국밥 한 그릇 가격으로. 시즌 1 이사 이야기를 읽고 창작을 업으로 하는 언니가 구독료라며 큰돈을 보내주었다. 글을 쓰는 게 직업인데, 당연히 일을 하면 보수가 있어야 한다면서. 돈을 안 받고 일을 해 버릇하지 말라고 했다. 우리부터 서로 서로 가치를 알아주어야 시장에서 씩씩하게 정당한 대가를 요구할 수 있다고. 맞는 말이긴 한데 넷플릭스 같은 OTT조차 구독하지 않는 나로서는 이메일로 보내는 글에 정가를 매기고 싶지 않다. 나는 가끔 궁금한 콘텐츠는 유료로 구독하지만, 단돈 만 원도 부담스러울 때가 있다. 가벼운 마음으로 쓰고 보내는 뉴스레터는 그 무게만큼으로 받아보게 하고 싶다. 판매는 책을 만든 다음에 넘어야 할 다음 산이다. 이사 이야기를 마칠 때 이사 축하금이나 구독료를 보내고 싶은 친구가 있을 것 같아서 계좌 번호를 적었더니 꽤 많은 금액이 들어왔다.

구독료를 받아야 할까? 얼마로 할까? 받지 말까? 그래도 연재를 마칠 때는 후원금을 보내달라고 할까? 어떻게 해야 할지 잘 모르겠을 땐 나라면 어떨까 상상해본다. 친구 혹은 오랫동안 글을 보내주어서 친구처럼 친근해진 작가가 이사했다, 나라면 할 수 있는 만큼의 성의를 표시하고 싶을 것 같다. 형편이 여유롭지 못하면 마음으로라도 응원과 축하를 보낼 것이다. 그런 사람이 있을지 몰라 계좌 번호를 적었다.

작가와 독자든, 친구 사이든 부담이 되지 않을 만큼 각자의 상황에 맞게 자유로운 관계를 맺고 싶다. 몇 명이 되었든 구독자가 있으니 연재에 책임감이 생긴다. 적극적으로 표현하지 않을 뿐 누군가는 기쁜 마음으로 글을 읽어주고 있을지도 모른다는 상상을 하면 흐뭇하다. 친구 독자든 비非 친구 독자든 내가 작가로 살아갈 수 있도록 힘을 주는 존재다. 제가 쑥스러워서 감사와 사랑을 잘 표현하지 못하는데 정말 좋답니다.

구독료는 가끔 입금된다. 아는 이름이 5천 원을 보낼 때도 있고, 모르는 이름이 5만 원을 보낼 때도 있다. 우연처럼 두 명에게 구독료가 입금된 날에는 오늘 글이 좋았나 싶어 기분이 좋고, 친구의 이름이 뜨면 속으로 안부 인사를 보낸다. 오랜만에 친구가 구독료를 보내면 핑계 삼아 연락을 해볼까 싶다가도 돈을 보낼 때만 연락하는 것 같아 오히려 조심스럽다. 다시 생각해보자. 나라면 어땠을까? 친구에게 창작을 응원하는 마음으로 후원금을 보내고 나서 딱히 연락을 기다리진 않을 것 같다. 그저 앞으로도 열심히 성실히 쓰기로 다짐한다. 가끔 잘 읽고 있다는 메일에는 꼭 답장한다. 편지를 보내는 마음이 얼마나 귀한지 안다. 답장을 받으면 기분이 또 그렇게 좋잖아요. 언제든지 답장은 기쁘답니다. 엄청난 팬레터가 오는 게 아니니 독자님들, 마음이 쓸쓸한 날엔 메일을 보내주세요. 사랑을 가득 담아 답장을 드릴게요.

〈이왕이면 집을 사기로 했습니다〉 책이 나온 뒤에 이사 이야기를 구독해 준 분들에게는 주소를 받아 책을 보냈다. 지금까지 책을 몇 권 내면서 책을 선물한 적은 거의 없는데, 그책은 수많은 사람의 응원과 사랑으로 만들어진 책이라 그렇게 하고 싶었다. 연재하면서 이사할 힘을 얻었고, 연재 원고가 있으니 이사를 마치고 책을 쓰기도 수월했다. 무엇보다 작가로 살아갈 자신감을 뉴스레터를 보내면서 확실히 가질 수 있었다. 그래도 다음책인 〈소탐대전〉이나 〈오늘 또 미가옥〉부터는 다시 원래대로 돌아갈 예정이다. 선물 말고 판매로. 앞으로 작가로 계속 살아갈 힘을 얻기 위해서다. 책을 직접 만들고 팔면 어떻게 되는지는 해봐야 알겠지. 구독자님들에게 책이 나오면 가장 먼저 알릴게요. 이번에도 잘 부탁드립니다.

연필농부

짧은 여행과 긴 여행, 한 달 혹은 몇 년 동안 삶터로 살아온 곳곳마다 책의 씨앗을 뿌려놓고 천천히 거둡니다. 사는 곳의 이야기를 책으로 만듭니다

소탐대전

초판 1쇄 발행 2024년 7월 17일

지은이 이보현

펴낸곳 연필농부

pencil.farmer.w@gmail.com

ISBN 979-11-988444-0-8(03810)

2024 대전문화재단 예술지원사업 선정
이 책은 대전광역시, (재)대전문화재단에서 제작비 일부를 지원 받았습니다.